베니스의 상인

이 연구(이 번역)는 서울과학기술대학교 교내연구비의
지원으로 수행되었습니다.

한국셰익스피어학회 작품총서 013

베니스의
상인 The Merchant
of Venice

월리엄 셰익스피어 지음
이희원 옮김

도서출판 ┃ 동인

발간사

지금까지 셰익스피어 작품에 대한 번역은 끊임없이 다양한 동기에 의해 진행되어 왔다. 초창기 셰익스피어 작품 번역은 일본어 번역을 우리말로 옮기는 작업이었다. 일본이 서구에 대한 수용을 활발한 번역을 통해서 시도하였기 때문에 일본어를 공부한 한국 학자들이 번역을 하는데 용이했던 까닭이었다. 하지만 이 경우는 문학적인 차원에서 서구 문학의 상징적 존재인 셰익스피어를 문학적으로 소개하는 것이 목적이어서 문어체를 바탕으로 문장의 내포된 의미를 부연하게 되어 매우 복잡하고 부자연스러운 번역이 주조를 이루었던 것이 문제가 되었다.

그 다음 세대로서 영어에 능숙한 학자들이나 번역가들이 셰익스피어 번역에 참여하게 되었다. 셰익스피어 작품에 대한 수많은 주(note)를 참조하여 문학적 이해와 해석을 곁들인 번역은 작품의 깊이를 파악하는데 많은 도움이 되었다고 볼 수 있다. 하지만 셰익스피어 작품을 무대에 올리는 배우들에게는 또 다른 문제가 생길 수밖에 없었다. 문학적 해석을 번역에 수용하는 문장은 구어체적인 생동감을 느낄 수 없었고, 호흡이 너무 길어 배우가 대사로 처리하기에 부적합하였다.

이런 문제점을 해결하기 위해서 번역가마다 각자 특별한 효과를 내도록 원서에서 느낄 수 있는 운율적 실험을 실시하기도 하였다. 그런 시도는 셰익스피어 번역에 새로운 분위기를 자아내었을 뿐 아니라 다양한 번역이 이루어져 나름의 의미가 있었다고 본다. 반면에 우리말을 영어식의 운율에 맞추는 식의 인위적 효과를 위해서 실험하는 것은 배우들이 대사 처리하기에 또 다른 부자연성을 느끼게 하였다.

한국에서 셰익스피어를 연구하는 학자들이 모이는 한국셰익스피어학회에서 셰익스피어 탄생 450주년을 기념하여 셰익스피어 전작에 대한 새로운 번역을 시도하기로 하였다. 우선 이번 번역은 셰익스피어 원서를 수준 높게 이해하는 학자들이 배우들의 무대 언어에 알맞은 번역을 한다는 점에서 차별성을 두고자 한다. 또한 신세대 학자들이 대거 참여하여 우리말을 현대적 감각에 맞게 구사하여 번역을 하자는 원칙을 정하였다.

시대가 바뀔 때마다 독자들의 언어가 달라지고 이에 부응하는 번역이 나와야 한다고 본다. 무대 위의 배우들과 현대 독자들의 언어감각에 맞는 번역이란 두 마리 토끼를 잡는 것은 그리 쉬운 일은 아니지만 매우 의미 있는 일일 것이다. 이번 한국 셰익스피어 학회가 공인하는 셰익스피어 전작 번역이 성공적으로 이루어지도록 뒷받침하는 도서출판 동인의 이성모 사장에게 심심한 감사의 뜻을 전하며 인문학의 부재의 시대에 새로운 인문학의 부활을 이루어내는 계기가 되리라 믿는다.

2014년 3월
한국셰익스피어학회 17대 회장 박정근

옮긴이의 글

『베니스의 상인』은 셰익스피어의 여러 희극들 중에서도 최근 한국에서 가장 주목받고 있는 극이다. 최근 주요 출판사들이 셰익스피어의 4대 비극에 이어 『베니스의 상인』 번역본을 경쟁적으로 출간하고 있는 것만 보아도 이를 알 수 있다. 2005년 김종환 교수, 2009년 박우수 교수, 2010년 최종철 교수, 2011년 이경식 교수, 2014년 강석주 교수가 차례로 번역하여 독자들에게 새로운 『베니스의 상인』을 선보였고, 1989년도 전작을 번역했던 신정옥 교수도 2010년 『베니스의 상인』 개정판을 내놓았다. 이뿐이 아니다. 한국셰익스피어학회가 발간하는 학회지에 1990년대 이후 수록된 논문들 중 희극으로는 『자에는 자로』에 이어 『베니스의 상인』 관련 논문이 가장 많았고, 한국셰익스피어학회의 우수논문상도 2012년 이후 3년 연속 『베니스의 상인』 관련 논문들에 돌아갔다. 이는 현재 우리 사회에서 『베니스의 상인』이 차지하는 의미와 그 파장이 크다는 것을 말해준다.

최근 10년간 5권의 새 번역이 나온 이 극, 학자들이 그토록 주목하는 이 극을 번역하는 일은 역자에게 부담이 아닐 수 없었다. 굳이 새 번역이 필요한

가에 대한 의문에 답하고, 학자들의 꼼꼼한 검열의 시각을 의식해야 했다. 이와 같은 부담에도 불구하고 『베니스의 상인』을 번역하기로 결심했던 것은 학회 차원의 셰익스피어전작 번역 사업 ─ 21세기에 부응하는 언어로 셰익스피어를 깊이 이해하는 학자들이 배우들의 무대 언어에 알맞게 셰익스피어 전작을 번역하는 목적에서 기획된 사업 ─ 의 중요성을 인식했기 때문이다. 게다가 역자 개인적으로 이 극을 통해 최근 후기자본주의의 문제들을 짚어보고 그 해결책을 찾는 논문을 쓰면서 이 극의 깊이와 동력을 분명히 확인했기 때문이다.

최근 출간된 새 번역들과 여러 현대적 판본들이 제공하는 주석들 덕분으로 『베니스의 상인』의 내용을 번역하는 데는 큰 어려움이 없었다. 특히 아든 시리즈 3판 편집본, 옥스퍼드 편집본, 뉴캠브릿지 편집본, 리버사이드 편집본, RSC 편집본 등 각종 편집본의 긴 주석들은 문학적 이해와 해석을 곁들여 정확히 이 극을 번역하는 데 길잡이가 되었다. 번역자가 이 극을 번역하면서 마주친 가장 큰 걸림돌은 이 극 등장인물들 사이의 호칭과 말투를 정하는 일이었다. 르네상스 시대 영국과 21세기 초반의 한국 사이에 놓인 시대와 문화 격차를 호칭, 어미, 어조 등에 어떻게 반영하여 번역할 것인가에 대한 고민이 번역을 지체시켰다. 나이에 따른 호칭과 존댓말 사용이 중시되는 현대 한국문화와 계급에 따른 호칭과 경칭 사용이 중시되는 르네상스 시대 영국문화의 차이를 어떻게 언어에 담아내는가? 고민 끝에 역자는 '셰익스피어가 사용한 영국 르네상스 영어 관례인 계급에 따른 호칭, 어미, 말투 사용을 먼저 따르되, 맥락에 따라 현대 한국 어법의 관례를 부분적으로 반영하기'로 결정했다.

셰익스피어의 운문은 운문으로, 산문은 산문으로 번역했다. 그러나 셰익스피어의 운율을 우리말에 그대로 담아내는 일은 거의 불가능한 일이었기에 셰익스피어의 시적 향기를 느낄 수 있는 번역을 제대로 제공하지 못했다. 대신 시의 경우에는 특별히 영어 원문의 행과 우리말 번역문의 행을 일치시켜 배우들이 호흡에 맞춰 읽어내고 독자들이 행에 따라 시적 의미를 파악할 수 있는 여지를 주고자 노력했다.* 그런데 셰익스피어의 시적 의미를 최대한 담아내고 그 문학적 해석을 번역에 반영하는 과정에서 대사가 자연스러운 구어체로 전달되지 못하고, 배우들이 대사로 처리하기에 호흡이 너무 길게 번역된 경우가 종종 생겼다. 역자는 이러한 부족함을 인정하고 셰익스피어의 시적 아름다움을 지켜내기보다는 정확한 번역을 제공하고자 애썼다. 또 읽기 쉬운 구어체로 표현하느라 셰익스피어의 의미를 축소시키기보다는 맥락에 따라 문학적 해석이 담긴 긴 번역을 제공하는 편을 선택했다. 무대에 올릴 때 연출가나 배우가 얼마든지 구어체로 바꿀 수 있다는 판단에서였다.

이 번역은 리버사이드 편집본을 기본으로 하되, 여러 편집본들을 두루 참조했다. 여러 편집본들 사이에 문제가 되었던 살레리오, 살레리노, 솔라니오 인물명 문제는 리버사이드 편집본과 RSC 편집본을 따라 살레리오와 솔라니오로 결정했다. 즉 살레리오와 살레니노를 같은 인물로 보고 (셰익스피어나 인쇄공의 실수로 혼돈되어 사용되었다고 판단하여) 살레리오로 통일했다. 이 극의 등장인물을 포함한 인명, 지명 등 고유명사는 가능한 한『셰익스피어 연극 사전』을 따랐다. 그러나 이 사전과 다르게, 모로코의 왕과 아라곤의 왕은 모로코 군주와 아라곤 군주로 바꾸어 표기했는데, 이는 이들을 모로코와 아라곤 지역의 군주로 보았기 때문이다. 문장부호는 리버사이드 편집본대로 따르고자 노력했지만, 우리말로 자연스럽게 번역하는 과정에서 의문표, 느낌표,

---

* 산문으로 쓰인 행의 경우, 영어 원문의 행과 우리말 번역의 행을 맞추는 일이 불가능해 원문과 번역문 사이에 행수를 일치시키지 못했다. 또한 산문과 시가 섞여 쓰인 경우, 시 부분의 행을 맞추기 위해 원문의 산문을 시처럼 행을 만들어 번역하기도 했다.

마침표, 쉼표 등에 변화를 줄 수밖에 없었다. 문장 부호 중 대시(―, 화자의 추가적 설명, 말의 중단, 청자 변화 등 다양한 용도의 부호)는 리버사이드 편집본에 있는 대로 넣어 번역했다. 끝으로 현대 한국의 독자들에게는 생소하지만 이 극에 자주 나오는 그리스 · 로마 신화와 성경, 희극적 말장난과 속담, 특수 용어 등에는 각주를 달아 이해를 돕고자 노력했다.

　여러 노력에도 불구하고 이 번역에 역자가 의도하지 못한 실수와 매끄럽게 번역되지 못한 부분이 있을 것이라 생각하며, 이 점에 대해 미리 사죄드리고자 한다. 아무쪼록 이 번역이 독서, 교육, 연구, 공연 각 분야에서 셰익스피어에 대한 입체적 이해를 촉발시키고 다양한 해석의 장을 마련할 뿐 아니라 21세기 한국이 직면하는 문제들을 해결하는 데 도움이 되기를 희망한다.

2015년 5월
이희원

| 차례 |

등장인물

장소: 베니스 및 벨몬트

베니스 공작
아라곤 군주   포샤의 구혼자
모로코 군주   포샤의 구혼자
안토니오   베니스의 상인
밧사니오   베니스의 귀족, 안토니오의 친구, 포샤의 구혼자
그라시아노   베니스의 신사, 밧사니오와 안토니오의 친구, 네리사의 구혼자
솔라니오   베니스의 신사, 밧사니오와 안토니오의 친구
살레리오   베니스의 신사, 밧사니오와 안토니오의 친구
로렌조   베니스의 신사, 밧사니오와 안토니오의 친구, 제시카의 구혼자
샤일록   베니스의 유대인 고리대금업자, 제시카의 아버지
투발   유대인, 샤일록의 친구

포샤   벨몬트의 부유한 유산 상속녀
네리사   포샤의 시녀
제시카   샤일록의 딸

랜슬럿 고보   샤일록의 하인, 광대
고보 노인   랜슬럿의 아버지
레오나르도   밧사니오의 하인
스테파노   포샤의 하인
발사자   포샤의 하인
하인   안토니오의 하인

포샤의 전령과 시종들
베니스의 관리들
간수 및 법정 관리들

1막

1장

안토니오, 살레리오, 솔라니오 등장

안토니오　왜 이리 우울한 것인지 정말 모르겠네.

진절머리가 나네. 내 우울증 때문에 자네들까지도 그렇다지?

허나 내가 어떻게 이 우울증을 붙잡고, 발견하고, 만나게 되었는지,

또 그 내용이 무엇이며 그게 어디서 나왔는지

5　　알 수가 없단 말일세.

이놈의 우울증 때문에 멍청이가 되어버렸으니

애를 써서라도 내 자신에 대해 알아내야겠네.

살레리오　자네 마음이 바다 위에서 출렁거리고 있는 걸세.

위풍당당하게 돛을 휘날리는 자네 상선들이

10　　바다 위를 거니는 귀족들과 부호들처럼

혹은 바다 위에 차려진 화려한 야외무대¹처럼

그곳 바다에 날개모양으로 엮은 돛 휘날리며,

자신들에게 굽실대고, 존경을 표하는

영세 상선들을 높은 곳에서 굽어보고 있지 않은가.

15　**솔라니오**　여보게, 나 역시 그만한 모험을 했다면,

내 마음의 대부분은 먼 나라로 향해 기대로 부풀어 있었을 걸세.

---

1. 야외무대(pageants): 중세와 르네상스 시대 유럽에서 신비극을 공연하기 위해 마련
된 야외 수레 무대

바람이 어디서 불어오는지 살피려
연거푸 풀을 뜯어 바람에 날렸을 것이고,
항구와 부두와 정박지를 찾느라 마냥 지도를 들여다보았을 걸세.
내 모험에 불행이 닥치면 어쩌나 하는 불안한 마음에   20
그게 무엇이든 걱정거리가 생기면
나 역시 틀림없이 우울해졌을 것이네.

살레리오   국을 식히는 내 입김마저도
날 오한에 떨게 할 정도의 위력을 지닐 걸세.
그게 바다 위 모진 폭풍이 내 상선들을 쓸어버릴지도 모른다는
생각으로 이어질 테니까. 모래시계의 모래가   25
흘러내리는 것만 보아도 여울이나 모래언덕을 생각하게 될 테고,
물건을 가득 실은 나의 앤드류 호가 모래 속에 박혀
돛대 머리가 늑골 아래까지 푹 꺾여 묘지에 입 맞추는 모습을
상상할 걸세. 또 교회에 가서 신성한 석조 건물을 보아도
위험한 암초들이 바로 눈앞에 어른거릴 거네.   30
그것들이 내 배의 연약한 옆구리를 슬쩍 스치기만 해도
배에 실었던 온갖 향신료들이 바다 물결에 다 흩어지고
비단천이 성난 파도를 덮는 것을 상상하면서.
요컨대, 지금의 이 엄청난 부가 사라지고
내가 순식간에 무일푼이 되면 어쩌나   35
이런 일에 대해 생각하게 되면 걱정이 앞서는 거지.
이런 일이 우연히 벌어질 수 있다는 걸 상상만 해도
우울해 질 것 같네만, 그래도 이런 생각에서 벗어날 수가 없네.

허니 말하지 말게. 다 알겠네. 안토니오는

상선에 실은 물건들을 생각하느라 우울한 것이네.

안토니오 그게 아니라네. 고맙게도 그 점에 있어선 난 운이 좋은 편이네.

상선 한 척에만 투자한 것도 아니고

배가 한 곳에만 가 있는 것도 아닐세.

또 전 재산이 올 한 해의 운에 달린 것도 아니라네.

그러니까 내가 우울한 것은 선적 화물들 때문은 아니네.

살레리오 그럼, 자넨 사랑에 빠진 게로군.

안토니오   에잇, 에잇!

솔라니오 사랑에 빠진 게 아니라면, 즐겁지 않으니까

우울한 것이라 말해두겠네. 그러면 말하기가 쉽지.

쟈네가 슬프지 않으니까 웃고 뛰고 즐겁다고 말하는 것처럼.

그건 그렇고, 머리가 둘인 야누스²에 걸고 맹세컨대,

자연이란 조물주가 한창때 이상한 사람들을 빚어 놓았던 거지.

웃다가 생긴 반쯤은 감긴 실눈으로, 백파이프³의 구슬픈 가락을 들어도

늘 앵무새처럼 웃기만하는 사람도 있는가하면,

식초 마신 듯 오만상을 찌푸리며

근엄한 네스토르⁴ 장군조차 웃게 할 만큼 우스운 농담에도

이를 드려내 웃지 않으려는 사람도 있는 법이니.

밧사니오, 로렌조, 그라시아노 등장

---

2. 야누스(Janus): 두 개의 얼굴을 지닌 로마의 신
3. 백파이프(bagpipe): 구슬픈 소리를 내는 것으로 알려진 피리의 일종
4. 네스토르(Nestor): 트로이 전쟁 당시 그리스의 지혜롭고 연로한 장수

저기 자네의 가장 고귀한 친구 밧사니오가 오고 있군.

그라시아노와 로렌조도 같이. 잘 있게.

더 가까운 친구들이 왔으니 우린 가겠네.

살레리오 자네가 즐거워 질 때까지 있으려 했지만,   60

더 훌륭한 친구들이 왔으니 가겠네.

안토니오 내게 자네들도 더없이 훌륭하네.

자네들 일이 바빠 마침 이 기회를 잡아

떠나려는 것으로 알겠네.

살레리오 경들, 잘 있었나?   65

밧사니오 두 신사 분들도? 언제 한바탕 웃어 볼 텐가? 말해보게, 언젠가?

요즘 자네들 부쩍 날 멀리하는 것 같네. 꼭 그래야만 하나?

살레리오 자네 시간에 맞춰 짬을 내보겠네.

살레리오와 솔라니오 퇴장

로렌조 밧사니오 경, 안토니오를 만났으니

우리 둘은 이제 가야겠네. 저녁 때   70

만나기로 한 장소는 잊지 말게.

밧사니오 꼭 갈 테니 걱정 붙들어 매게나.

그라시아노 안토니오, 안색이 좋질 않네.

세상사에 대해 지나치게 걱정하고 있는 게로군.

지나친 걱정이라는 값을 치르고 사면 곧 얻은 걸 잃게 되는 법.

정말이지, 자네 요즘 깜짝 놀랄 정도로 변했네 그려.   76

안토니오 그라시아노, 난 세상을 세상 그대로 바라볼 뿐이네.

세상은 각자 맡은 역할을 해야 하는 무대,

내 역할은 우울한 역이라네.

그라시아노   광대역이 바로 내 역할이라네.

80   주름투성이 늙은 얼굴이라도 즐겁게 웃으며 살고,

고통스러운 신음으로 심장을 차갑게 식히느니

포도주라도 마셔 간을 뜨겁게 달구어야지.

따뜻한 피가 몸속에 흐르는데

무덤가 할아범 석상처럼 가만히 앉아 있을 필요는 없지 않는가?

85   깨어 있는데도 자고, 까다롭게 굴다가 황달병에

걸린 것처럼 노랗게 변할 게 뭔가? 안토니오―

자네를 사랑하고 그 사랑의 마음으로 말하는데―

세상에는 고여 있는 늪처럼 찌꺼기가 낀

면상을 지닌 인간 부류들이 있거든.

90   그자들은 일부러 침묵을 즐기는데,

그게 다 현명하고, 근엄하고, 깊은 이해심을 지닌

사람이라는 평판을 듣고 싶어서라네.

마치 "내가 예언자니, 내가 말문을 열면

개도 짖지 못하리라!"는 투로 그렇게 하지.

95   아, 사랑하는 안토니오, 난 그런 자들을 잘 알고 있네.

단지 말을 하지 않기 때문에 현명하다는 평판을 듣는 자들을.

허나 막상 그자들이 입을 열고 지껄이는 소릴 들으면

귀 기울여 들은 걸 바로 저주하게 되지.

아무리 그자들이 형제들이라 하려라도

그자들을 바보들이라 부를 수밖에 없으니까.   100

이에 대해선 나중에 더 말하겠네. 허나 우울증의 미끼로

이 평판이라는 바보 물고기를 낚을 생각은 아예 하지 말게.

가세 로렌조. 잠시 후에 보세.

내 설교는 잠시 후 저녁 식사 후에 끝맺기로 하고.

로렌조 자, 그럼 헤어졌다가 저녁 식사 때 다시 만나세.   105

그라시아노가 도무지 말할 기회를 주지 않으니

내가 바로 조금 전 말한 그 벙어리 현자가 되고 말았군.

그라시아노 글쎄, 나하고 두 해만 더 어울려 다니면,

자넨 아예 자기 목소리도 알아채지 못하게 될 걸세.

안토니오 잘들 가시오! 나도 이번 기회에   110

수다쟁이가 되어 봐야겠네.

그라시아노 참으로 고마운 일. 침묵 지켜 칭찬받는 건

말린 소 혓바닥이나 결혼 시장에서 안 팔린 처녀들뿐이니까.

그라시아노와 로렌조 퇴장

안토니오 지금 저 말에 — 무슨 다른 뜻이라도?   114

밧사니오 그라시아노는 베니스의 그 누구보다 끊임없이 허튼 소리를 지

껄인다네. 그자의 생각 중 이치에 맞는 것이라야 왕겨 두 가마에

숨겨진 밀알 두 톨 정도. 네가 온 종일 찾아야 겨우 찾는데, 막상

찾아놓고 보면 찾아볼 가치도 없는 것들인 거지.

안토니오 자, 이제 자네가 비밀 순례를 가겠다고 맹세한

그 숙녀가 누구인지 말해주게.   120

오늘 내게 알려주겠다고 약속하지 않았나.

밧사니오 안토니오, 자네도 모르는 바는 아니지만,

난 재산을 몽땅 탕진해 버리고 말았네.

허세부리며 내 부족한 재력으로선

125 지탱하지도 못할 화려한 생활을 해온 탓이지.

그런 상류 생활을 못하게 되었다고 해서

불평하는 것은 아니네만, 내가 정말 고민하고 있는 것은,

어떻게 하면 지난 시절 내가 방탕함으로 인해

짊어지게 된 큰 빚을 깨끗이 갚을까 하는 문제라네.

안토니오 자네에게 금전이든 우정이든 신세를 정말 많이 졌네.

131 자네의 우정을 보증삼아 내가 진 모든 빚을

청산할 계획과 목적을 다 털어놓을 생각이네.

지금 안고 있는 빚을 어떻게 하면

청산할 수 있는지에 대해.

135 **안토니오** 밧사니오, 제발 전부 말해주게.

자네가 하고자 하는 말이

자네가 늘 그런 것처럼 명예를 고려하는 것이라면,

내 지갑, 내 자신, 내 재산의 마지막 한 푼까지도

꺼내어 자네가 필요할 때 다 내놓을 테니 염려치 말게나.

140 **밧사니오** 학창시절 난 화살을 하나 잃으면

그 먼저 쏜 화살을 찾기 위해 똑같은 종류의 화살을 쏘았다네.

똑같은 방향으로 똑같은 속도로, 더 신중하게 겨냥해서.

그리고 둘 다를 잃어버릴 수 있는 모험을 통해 둘 다 찾곤 했지.

이렇게 어린 시절 일화를 꺼내는 것은

이제 내가 하려는 말이 꾸밈없는 솔직한 말이기 때문이네.　145

난 자네에게 많은 빚을 졌네.

방탕한 청년처럼 객기를 부리다가 그 빚진 돈을 다 잃어버렸지만,

첫 번째 화살을 쏘았던 바로 그 방향으로

자네가 똑같은 화살을 기꺼이 하나만 더 쏘아준다면,

과녁을 지켜보고 있다가, 반드시 두 개의 화살을 다 찾아오거나,

자네가 모험삼아 쏜 나중 화살을 찾아 되돌려주고,　151

감사하는 마음으로 첫 번째 화살에 대해서만 채무자로 남겠네.

안토니오　날 잘 알지 않는가. 내 사랑을 알아보기 위해

멋진 수식어를 써 돌려 말하는 것은 쓸데없는 시간 낭비일세.

할 수 있는 한 모든 걸 자네에게 주고자하는 내 진심을 의심하는 것은

자네가 내 재산 전부를 탕진하는 것보다　156

더 큰 잘못을 저지르는 것이라네. 그렇고말고.

그러니 자네 생각에 내가 할 수 있는 일이 있으면

그 일을 하라고만 말하게.

그 일을 당장 처리할 준비가 되어 있네. 그러니 말하게.　160

밧사니오　벨몬트에 엄청난 유산을 받은 여인이 있다네.

말로 다할 수 없을 정도로 아름답고,

놀라울 정도로 덕성스럽기까지 하지. 전에 한번

그녀의 눈에서 아름다운 무언의 말을 전달 받은 적이 있네.

그녀의 이름은 포샤인데,　165

케이토의 딸이자 브루터스의 아내인 포샤에 결코 뒤지지 않네.

세상이 넓다고 하지만 그녀의 가치를 모르는 사람이 없어서

동서남북 해안가에서 불어오는 바람 따라

명성이 자자한 구혼자들이 몰려들고 있고,

그녀의 관자놀이에 늘어진 빛나는 머리칼은 마치 황금 양털과 같아,

171 그녀의 벨몬트 저택은 콜키스의 해안이 되어,

많은 이아손들이 그녀를 얻으러 찾아오고 있다네.[6]

아, 안토니오, 내가 재력이 있어 그 이아손들 중 한 사람으로

경쟁할 수 있는 자리에 서게 될 수만 있다면,

175 반드시 성공할 것이라는 예감이 들고

행운이 내게 손짓할 것이라는 확신까지 생기네!

안토니오 자네도 알다시피, 내 전 재산이 바다에 투자되어 있고,

가진 돈도 없고, 당장 자금을 마련할 만한

상품도 없네. 그러니 가보세.

180 베니스에서 내 신용으로 할 수 있는 걸 찾아보면,

자네를 벨몬트의 아름다운 포샤에게로 데려다 줄

비용을 최대한까지 늘려볼 수 있을 걸세.

돈이 어디에 있는지 어서 가서 알아보게.

---

5. 케이토(BC 2세기 경 로마의 정치가)의 딸이자 브루터스(BC 1세기 로마의 정치가)의
아내인 포샤(Portia)는 밧사니오의 구혼자 포샤와 이름이 같다.

6. 황금 양털(golden fleece)은 그리스 신화 속 영웅인 이아손(Jason)이 왕이 되기 위해
찾고자 했던 성물(聖物)이며, 콜키스(Colchis)의 해안은 흑해 주변에 위치한 고대 해
안으로 메데이아의 고향이자, 이아손이 찾고자 했던 황금 양털이 있었던 곳이다. 이
아손들(Jasons)이란 황금 양털을 찾아 나선 이아손과 비슷한 사람들, 여기서는 포샤
에게 구애하는 구혼자들을 칭한다.

나도 알아볼 테니. 내 신용을 믿건 나를 봐서라도
틀림없이 누군가 돈을 빌려줄 거라 믿네.   185

모두 퇴장

2장[7]

포샤가 시녀[8] 네리사와 함께 등장

포샤 정말이지, 네리사, 내 작은 몸뚱이로 이 크나큰 세상을 살아가는
게 싫구나.

네리사 그러실 거예요. 귀여운 아가씨, 아가씨의 불행이 아가씨의 엄청
난 행운만큼 어마어마하다면요. 허나 암만 생각해 봐도 먹을 게
너무 많아 포식한 사람은 아무 것도 먹지 못해 굶은 사람만큼이
나 탈나게 마련인 듯해요. 그래서 너무 많지도 너무 적지도 않게
중용을 지킬 때 작지 않은 행복이 다가 오는 것 같아요. 지나치게
많은 것을 취하면 백발이 더 빨리 자라고, 알맞게 취하면 장수하
구요.

포샤 명언이야. 어쩜 그렇게 말을 잘하니?

네리사 그 말이 이행까지 잘 된다면 더 좋을 텐데요.

포샤 좋은 일을 하기가 좋은 일을 아는 것만큼 쉽다면, 작은 예배당이
큰 교회가 될 것이고, 가난한 자들의 오두막이 왕궁이 되겠지. 설
교한 대로 이행하는 성직자는 훌륭한 분이야. 자신이 가르친 대

---

7. 이 장은 산문으로 쓰여, 원문과 우리말의 행수를 일치시켜 번역할 수 없었다. 따라서
   원문과 번역문의 행수가 서로 다르다.
8. 시녀(waiting woman): 포샤가 비밀을 털어놓을 수 있는 친구로 비교적 귀품 있는
   여성이며, 하인과는 구별된다.

로 이행하는 스무 명 중 한 사람이 되느니 차라리 이행하면 좋을 ₁₅

일을 스무 명에게 가르치는 게 내게는 더 쉬운 일인 듯싶어. 머릿

속 이성이 피에 들 끓는 열정을 다스릴 법령을 고안해내도, 뜨거

운 열정은 기어코 차가운 이성의 법령을 뛰어넘고 마는 법이거든

—이처럼 청춘이란 미친 토끼⁹는 착한 절름발이 충고 양반의 덫

을 뛰어넘고 말지. 하지만 난 이런 생각으로 남편을 선택할 수 없 ₂₀

는 신세야. 아 어쩜 좋아, '선택'을 해야 하다니! 난 선택하고 싶

은 사람을 선택할 수도, 싫어하는 사람을 거절할 수도 없어. 이렇

게 살아있는 딸의 의지가 돌아가신 아버지의 의지인 유언에 구속

되어 있으니 말야. 네리사, 내가 누구를 선택도 거절도 할 수 없

는 이런 상황, 이거 너무 하지 않니? ₂₅

네리사 아가씨 아버님께선 참으로 덕이 많으신 분이셨어요. 성스러운 분

들은 돌아가실 때 좋은 영감(靈感)을 가진다고 하잖아요. 그러니까

아버님께서 고안해내신 이 금, 은, 납으로 된 세 상자 제비뽑기에

서 아버님의 뜻을 정확하게 추측하고 상자를 고른 사람이 아가씨

를 선택하게 되어 있어요. 허나, 전 틀림없이 아가씨가 합당하게 ₃₀

사랑하실 분이 아니라면 그 누구도 그 상자를 선택하지 못할 것

이라 믿어요. 그런데 혹시라도 구혼 차 이미 도착한 귀공자 분들

가운데 아가씨 마음에 드시는 분이 있나요?

포샤 이름을 한 사람 씩 대봐. 네가 이름을 대면, 그분들의 특징을 말

할 테니. 내 얘길 듣고, 내 마음을 짐작해봐. ₃₅

---

9. '토끼가 미쳐 날뛴다'는 말은 '삼월의 토끼처럼 미친'('mad as a March hare')이란
영국 속담에 근거한다.

네리사 첫 번째로 나폴리 군주가 있어요.

포샤 그래, 그분은 정말이지 망아지야. 온통 말 얘기뿐 다른 얘기는 하지 않아. 자기 손으로 말에다 편자를 박을 수 있다는 걸 굉장한 능력인양 으쓱대는 꼴이라니. 그분의 어머니가 대장장이와 정을 통한 것은 아닌지 몰라.

네리사 다음엔 팰러타인 백작이죠.

포샤 그분은 항상 찡그리고만 있어. 마치 '내가 싫다면, 한번 골라보시지'라는 투로. 재미난 이야길 듣고도 웃질 않아. 버릇없이 엄청 우울하기만 한 젊은 시절을 보냈으니 늙어서 울보 철학자 헤라클리터스[10]가 되지나 않을까 몰라. 이 둘 중 한 분과 결혼하느니 차라리 입에다 뼈다귀를 문 해골바가지와 결혼하는 게 나을 듯싶어. 신이시여, 저를 이 두 사람으로부터 지켜주소서!

네리사 프랑스 귀족, 르봉 경은 어떠세요?

포샤 신이 그분을 만드셨으니 그분을 남자로 대접해야겠지. 사실 조롱하는 게 죄라는 걸 잘 알아. 헌데 그분 참! 뭐라 할까, 말로 치자면 나폴리 왕자보다 더 좋은 말을 가지고 있고, 오만상 찌푸리는 꼴이란 팰러타인 백작보다 더하면 더했지 못하지 않단 말야. 다른 사람 흉내만 내지 자기 모습이라곤 없는 사람이야. 개똥지빠귀 새가 울면 곧바로 춤을 춰대고, 자기 그림자와도 칼싸움을 할 사람이지. 그런 자와 결혼한다면, 남편 스무 명과 결혼하는 셈. 그분이 날 경멸한다면 기꺼이 용서해줄 테지만, 날 미치도록 사

---

10. 울보 철학자 헤라클리터스(Heraclitus): 기원전 500년 경 영혼과 지식의 본성을 탐구한 첫 번째 그리스 철학자

랑한대도 절대 받아줄 수 없어.

네리사 그럼, 영국의 젊은 남작, 팰콘브리지는 어떠세요?

포샤 내가 그분에게 한 마디도 안하는 것 너도 잘 알잖아. 그분도 내
말을 알아듣지 못하고, 나도 그분이 하는 말을 알아듣지 못해. 그 60
분은 라틴어도 프랑스어도 이탈리아어도 다 몰라. 나 역시 영어를
아주 조금 밖에 못한다는 건 네가 법정에서 증언을 해도 될 정도
로 확실하고. 그분의 외모는 초상화처럼 멋지지만, 아, 애석하지
만 무언극으로 대화를 할 수는 없는 일이잖아. 게다가 옷차림은
왜 그리 이상한지! 꼭 쪼이는 상의는 이탈리아에서, 엉덩이가 빵 65
빵한 짧은 바지는 프랑스에서, 모자는 독일에서 사 입은 것 같고,
예의범절도 도처에서 사들인 것 같아.

네리사 그분의 이웃인 스코틀랜드 귀족에 대해선 어떻게 생각하시는데
요?

포샤 그분은 이웃을 위하는 자비심이 있나봐. 영국 사람한테서 따귀를 70
얻어맞고는 능력이 생기면 그걸 되갚아 주겠노라고 맹세했다는
걸 보면 말야. 그래서 그 프랑스인이 그분의 보증인이 되어 차후
의 따귀에 대해서도 서명했던 모양이야.

네리사 색스니 공작 조카라는 젊은 독일 청년은 어떠세요?

포샤 정신이 말짱한 아침에도 아주 고약하지만, 오후에 술에 취하면 75
더 고약한 걸. 가장 좋을 때도 인간보다 못하고 가장 나쁠 때는
짐승보다 나을게 없지. 정말이지, 최악의 상황으로 굴러 떨어진
다 해도 어떻게든 그 사람만은 뺐으면 좋겠어.

네리사 그분이 제비뽑기를 자청하여 올바른 상자를 골랐을 때, 아가씨께

서 그분을 거절하시면 아가씬 아버님의 유언을 거역하는 게 될 텐
데요.

포샤 그러니까 부탁하는 거잖아. 최악의 사태에 대비해 틀린 상자 위
에 라인 산 포도주가 가득 찬 술잔을 올려놔 줘. 안에 악마가 있
더라도 밖에서 술이 유혹한다면, 그분은 그 상자를 고르고 말거
니까. 네리사, 스펀지처럼 술을 빨아들이는 술주정뱅이와 결혼만
않는다면 무슨 짓이든 할 것만 같아.

네리사 아가씨, 이분들 중 어느 한 분과 결혼하게 될까봐 걱정하실 필요
는 없어요. 그분들이 자신들의 결심을 제게 알렸는데요, 상자 선
택에 따르라는 아버님의 지시 이외에 다른 방법으로 아가씨를 얻
을 수 없기 때문에, 구혼으로 아가씨를 더 이상 괴롭히지 않고 고
향으로 돌아가겠다고 했어요. 정말이에요.

포샤 시빌라처럼 오래 살게 된다 하더라도 아버님의 유언대로 남편감
을 얻지 못할 바엔, 차라리 다이애나처럼 죽을 때까지 순결을 지
키겠어.[11] 이번에 몰려온 구혼자들이 그렇게 사리 분별을 할 줄
아니 천만 다행이야. 떠난다 해서 아쉬워 할 사람이 한 사람도 없
으니까 말야. 제발 모두 무탈하게 떠날 수 있었으면 좋겠어.

네리사 아가씨, 아버님께서 살아 계실 때 몽페라 후작 일행과 함께 우리
집에 오셨던 학자이자 군인이었던 분 기억 안 나세요? 베니스 분
말이에요?

---

11. 시빌라(Sibylla)는 그리스 신화에 나오는 무녀로 아폴로 신은 그녀에게 모래알 수만
큼의 긴 수명을 주었다. 다이애나(Diana)는 로마 신화에서 달과 순결의 여신이며
그리스 신화의 아르테미스에 해당한다.

포샤 그래, 그래. 밧사니오였어. ―내 기억으론 이름이 그랬던 것 같아. 100

네리사 맞아요, 아가씨. 이 어리석은 눈으로 보아도 그분은 모든 남자들 중에서 최고였지요. 아름다운 아가씨에게 가장 잘 어울리시는 분 같았어요.

포샤 그분을 잘 기억한단다. 내 기억으론 네 칭찬을 받을만한 분이셨어. 105

시종 등장

무슨 일이냐? 무슨 소식이라도 있느냐?

시종 아가씨, 손님 네 분이 아가씨께 작별 인사를 드리겠다고 합니다. 그리고 다섯 번째 구혼자이신 모로코 군주님의 사신이 와 있습니다. 군주님께서 오늘 밤 여기에 도착하신다는 소식을 가지고 왔습니다. 110

포샤 다른 네 사람에게 작별을 고하는 것만큼이나 기쁜 마음으로 다섯 번째 구혼자를 맞이할 수만 있다면, 그분의 도착이 참으로 기쁘련만. 성자의 성품과 악마의 얼굴을 지녔다면 난 차라리 그분이 남편이 아니라 고해신부가 되었으면 좋겠어.

자, 네리사, 가자. 이놈아, 앞 서거라. 115

구혼자 한 사람이 문을 나서자마자 바로 다른 구혼자가 문을 두드리는 구나.

모두 퇴장

밧사니오와 유대인 샤일록 등장

샤일록 3천 더컷이라, 으음.

밧사니오 그렇소, 석 달 동안이오.

샤일록 석 달 동안이라, 으음.

밧사니오 말했듯이, 그것에 대해 안토니오가 보증을

5   설 것이오.

샤일록 안토니오가 보증을 선다, 으음.

밧사니오 날 도와주겠는가? 청을 들어주겠는가?

      답을 듣고 싶은데?

샤일록 3천 더컷을 석 달 동안, 그리고 안토니오가 보증을

10   선다.

밧사니오 대답은?

샤일록 안토니오는 좋은 사람입니다.

밧사니오 그 말과 상반되는 무슨 험담이라도

      들었소?

15 **샤일록** 아, 아니, 아니, 아니, 아닙니다.

---

12. 이 장의 39행까지는 산문으로 쓰여 졌다. 그러나 40행부터 시작되는 시의 행을 맞추기 위해 원문의 산문 39행을 우리말로도 39행으로 맞추었다. 이 과정에서 산문을 시처럼 행을 바꾸어 번역하기도 했다.

좋은 사람이라고 말한 건 그분의 재산이

충분하다는 말이니 그리 이해해 주시죠.

하지만 그분의 재산이 회수될 지는 불확실해요.

그분의 상선 한 척은 트리폴리로 향하고 있고

다른 한 척은 인도제도로 가고 있으니까요.   20

리알토의 거래소에서 들은 바에 의하면, 세 번째 배는 멕시코에

정박해 있고, 네 번째 배는 영국을 향하고 있고요.

그 밖에도 해외 여기저기 다른 투자 자산이 있는 모양입니다.

그러나 배란 나무 판 일뿐이고, 선원들도 그저 인간이죠.

게다가 육지나 바다나 쥐가 있고 육지에서처럼   25

바다에도 도둑이 있지요. 해적 말입니다.

그뿐인가요, 파도, 폭풍, 암초의 위험도 있어요.

그럼에도 불구하고 그분의 재력은 충분하고말고요.

3천 더컷이라, 그의 보증을 받아들이겠습니다.

밧사니오 안심해도 될 것이오.   30

샤일록 안심할 것이고, 안심할 수 있도록 생각 좀 해보겠습니다.

안토니오 씨와 이야기를 나눌 수 있을까요?

밧사니오 괜찮다면 식사라도 같이 합시다.

샤일록 그래야지요. 돼지고기 냄새를 맡으려면요. 당신들의 예언자 나자

렛 예수가 마법을 써서 몸속에 악마를 넣어버린 그 돼지 살점을   35

먹으려면요. 당신네들과 물건을 사고팔고, 얘기도 나누고 같이

걷는 등 여러 일들을 하겠지만 먹고, 마시고 기도하는 건 안 합니

다. 리알토에 무슨 소식이라도 있나요? 이리로 오고 있는 사람이

누구시죠?

안토니오 등장

40 **밧사니오** [샤일록에게] 이분이 안토니오 씨요.

샤일록 [방백] 상판대기가 꼭 굽실대는 세관 놈 같군!

저놈이 예수쟁이라 싫단 말야.

겸손한 척, 어수룩한 척

무이자로 돈을 꿔줘서 우리 베니스 고리대금업자들

45 금리를 내리고 있으니 더 싫어.

언제 한번 저자를 들어서 던져버릴 기회만 있다면,

골수에 사뭇 친 내 오랜 원한을 꼭 갚아줄 텐데.

저자는 성스러운 우리 민족을 증오하고,

심지어는 상인들이 모여 있는 곳에서 내 욕을 하고,

50 내 거래와 내 정당한 이익을 '이자'라 부르며

헐뜯었어. 내 저자를 용서한다면

우리 민족이 천벌을 받아도 좋구말구!

밧사니오   샤일록, 듣고 있소?

샤일록 [밧사니오에게] 수중의 돈을 계산하고 있는 중입니다.

아무리 기억을 더듬어 어림잡아 헤아려 봐도

55 3천 더컷 전액을 당장

끌어 모으는 것은 어렵겠네요. 이건 어떻겠습니까?

저와 같은 유대인 중 투발이라는 부자가 있는데,

그 친구가 내게 자금을 마련해 주는 걸로요. 잠깐만, 몇 달 동안

원하신다고 하셨죠? [안토니오에게] 안녕하십니까, 나리.

지금 막 나리 이야길 하고 있었습니다.

안토니오 샤일록, 내 비록 이자를 주고받으며

돈을 꾼 적도 빌려본 적도 없지만

내 친구의 다급한 요청을 해결해야만 하니

그 관습을 깨야겠소. [밧사니오에게] 얼마나 필요한지

이 사람에게 얘기 했나?

샤일록 　　　　　　그럼요, 그럼요. 3천 더컷이죠.

안토니오 기한은 석 달.

샤일록 깜박했습니다. ─석 달이죠─ [밧사니오에게] 그렇게 말씀하셨지요.

[안토니오에게] 자, 그럼 차용증서를. 어디 보자─그런데 듣자 하니,

나리께선 이자를 받고

돈을 빌려 주지도 꾸지도 않는다면서요.

안토니오 　　　　　　절대로 이자를 받지 않소.

샤일록 야곱이 삼촌 라반의 양을 치고 있을 때였습니다─

이 야곱은 현명한 어머니가 그를 위해 꾸민 일덕분에

우리의 거룩한 아브라함의

제3대 상속자가 되었죠, 그럼요, 그가 3대 상속자였습니다─

안토니오 야곱이 어떻단 말이오? 이자라도 받았단 말이오?

샤일록 천만에요. '이자'를 받지는 않았죠.

당신이 말하는 의미의 그 '이자'는 받지 않았습니다.

야곱이 어떻게 했는지 들어보시겠어요?

라반과 야곱이 줄무늬가 있거나 알록달록한 새끼 양들은

모조리 야곱의 품삯으로 하기로 약조했고,

그 해 가을이 끝날 무렵

암양들이 발정기를 맞아 숫양들에게 다가가고 있었죠.

털 복숭이 양들 사이에서 생식의 과업이 한창 진행 중일 때

이 영리한 양치기는 한창 교미 중인 발정 난 암양 앞에

나무 가지들의 껍질을 벗겨 꽂아 놓았죠.

그랬더니 암양들이 새끼를 배어 해산할 때

알록달록한 양들을 낳았고, 그 양들은 야곱 차지가 되었던 거죠.

이게 바로 야곱이 취한 부자가 되는 방식이었고,

그는 신의 축복을 받았습니다.

도둑질만 빼면 돈벌이는 축복입니다.[13]

안토니오   야곱이 했던 일은 일종의 투자요.

그 자신의 능력으로 그렇게 된 것이 아니라

신의 손에 의해서 만들어져 그렇게 된 거요.

이자놀이를 두둔하려고 이 이야기를 끼워 넣은 것이오?

아니면 당신의 금은보화가 암양과 숫양이라는 거요?

샤일록 그거야 알 수 없죠. 저는 돈이 가능한 빨리 새끼를 치게 합니다.

나리, 제 말을 한 번 들어보시죠.

안토니오   [방백]   이것 좀 봐, 밧사니오.

저 악마가 제 잇속을 챙기려고 성경을 인용하는 것 좀 보게.

사악한 영혼이 성경을 증거로 대는 것은

악한이 얼굴에 미소를 짓고 있는 것과 같지.

---

13. 이 야곱과 라반의 이야기는 「창세기」 30장 31~43절에 근거한다.

속은 썩어 문드러졌지만 겉은 번드르르한 사과인 셈이고.

아, 가짜가 겉모습은 그럴싸하단 말야!

샤일록 3천 터컷이라- 꽤 큰돈인데요.

열두 달 중 석 달이라, 자, 이자가-

안토니오 어떤가, 샤일록, 돈은 빌려주겠나?   105

샤일록 안토니오 나리, 나리께서는

리알토 거래소에서 툭하면 제 돈과

제 이자에 대해 욕을 하셨죠.

전 그걸 어깨만 으쓱하며 묵묵히 참아왔습니다.

우리 종족의 특징은 바로 고난을 감내하는 일이니까요.   110

나리는 절 이교도, 사람 목을 물어뜯는 개라느니 하면서

제 유대 식 긴 외투에 침을 뱉곤 하셨죠.

제가 제 돈으로 이윤을 남긴다는 것 때문이었죠.

그런데, 이제 나리께서 제 도움이 필요하신 겁니다.

세상에, 이제 저한테 와서   115

'샤일록, 돈이 필요하네' 이렇게 말씀하십니다-

그렇게 말하는 게 나리란 말입니다.

제 턱수염에다 침을 뱉고 문지방 너머 낯선 개를 걷어차듯

저를 발로 걷어차셨던 나리께서 돈을 간청하십니다.

제가 나리께 뭐라 말해야 되죠? 제가   120

'개가 무슨 돈이 있습니까? 똥개가 3천 더컷을 꿔주는 게

가당키나 한 일입니까?'라고요?

아니면 고개를 푹 숙이고 종놈처럼

숨죽이고 아첨하며 꺼져가는 목소리로

125 '나리, 지난 수요일에 나리께서 제게 침을 뱉으셨고,

어느 날인가는 저에게 발길질을 하셨고, 또 다른 날엔

절 개자식이라 부르셨지요. 그런 예우에 보답하고자

이렇게 큰돈을 빌려드리겠나이다.'

이렇게 말해야 할까요?

130 **안토니오** 앞으로도 난 당신을 그렇게 부를 것이고,

침도 계속 뱉고 차기도 할 것이오.

이 돈을 빌려주더라도, 친구에게 빌려 준다

생각하지는 마시오. 친구라는 불모의 쇳덩이에서

새끼를 치는 게 우정일 수 없으니.

135 차라리 원수에게 빌려주시오.

그래야 파산해도, 원수니까 떳떳이

위약금을 받아낼 수 있을 것 아니오?

샤일록   거참, 왜 이렇게 호통을 치십니까?

나리의 친구가 되어 나리와 우정도 나누고

나리께서 제게 주신 치욕은 잊고

이자는 한 푼도 받지 않고 나리께서 당장 필요로 하시는 돈을

141 빌려드리고자 하는데, 제 말을 듣지 않으시군요.

이게 제 나름의 선심인데 말입니다.

밧사니오 그렇게 해준다면, 선심은 선심이지.

샤일록   선심을 쓰는 게 어떤 것인지 보여드리죠.

저와 같이 공증인한테 가서, 자세하게 명시된 차용증서에

날인해 주시지요. 그리고 장난삼아 이렇게 해보면 어떨까요?

나리께서 어느 정해진 날, 어느 정해진 장소에서,   146

계약서에 명시한 대로 정해진 금액을

갚지 못한다면, 그에 대한 벌칙으로

나리의 새하얀 몸뚱이에서 정확하게 살 1파운드를

제가 원하는 부분에서 베어내   150

제가 갖도록 하는 조건을 달면요?

안토니오 좋소. 진심이오. 그 차용증서에 날인하겠소.

그리고 유대인도 엄청 친절하다고 말하고 다니겠소.

밧사니오 나 때문에 그런 조건의 증서에 날인하면 안 되네.

그러느니 차라리 궁색하게 살겠네.   155

안토니오 이보게, 걱정 말게. 위약금을 떼일 일은 없으니까.

앞으로 두 달 내로, 이 차용증서의 만료일 한 달 전에,

이 증서에 적힌 금액 세 배의 세 곱이 되는

돈이 들어올 예정이네.

샤일록 아, 아브라함[14] 조상님, 기독교도들이란 이렇다니까요.   160

자신들이 가혹한 거래를 일삼으니 남들까지 그럴 것이라 생각해,

남들을 믿지 못한단 말이에요! 자, 제 얘길 좀 들어보시죠.

가령 나리께서 날짜를 어겨, 나리께 벌칙 조항의 정확한 이행을

요구한들, 제가 무슨 이득을 보겠습니까?

사람에게서 베어낸 살 1파운드는   165

---

14. 아브라함(Abraham): 유대교, 기독교, 이슬람교 공통의 최초 조상. 「창세기」 11장
에서 25장까지 참조

양고기나 소고기 혹은 염소고기보다도

값어치가 없고, 금전적인 이득도 없습니다.

나리의 환심을 사고자 이런 우정 어린 선심을 베푸는 것인데,

받아들이시면 좋고, 아니시면 그만 헤어지시죠.

170 제발 제 우정을 곡해하지 마시구요.

안토니오 좋소, 샤일록, 그 증서에 날인하겠소.

샤일록 그럼 곧 공증인 사무소에서 뵙겠습니다.

공증인에게 이 재미있는 증서에 날인토록 지시해주시죠.

그럼 전 가서 돈을 바로 마련한 후

175 주의 깊지 못한 종놈에게

맡겨둔 게 걱정이 되어서 그러니

집에 들렀다가 곧장 그리 가겠습니다.

퇴장

안토니오   서둘러 다녀오시오, 친절한 유대인.

친절해지는 걸 보니 저 유대인이 기독교로 개종할 것 같군.

밧사니오 말은 번지르르한데 속에 악의가 숨어 있는 것 같은 저 태도가

정말 싫네.

180 **안토니오** 자, 가세. 이 일엔 불안해 할 일이 전혀 없네.

계약 만료일 한 달 전에 내 배가 돌아올 것이니까.

모두 퇴장

2막

1장

팡파르. 새하얀 옷으로 몸을 휘감은 황갈색 피부의 모로코 군주와 같은
옷차림의 일행 서너 명이 포샤, 네리사 및 이들 일행과 함께 등장

모로코 군주 이 피부색 때문에 나를 싫어하지 마십시오.
이 피부색은 불타는 태양과 이웃하여 가깝게 자랐다고
그 태양이 입혀준 검은 옷.
포이보스[15]의 불길로도 고드름을 녹이지 못한다는 북쪽,
5   거기서 태어난 자 중 가장 하얀 피부를 지닌 자를 데려오십시오.
당신의 사랑을 얻기 위한 경쟁에서 그와 나의 살에 상처를 내
그자와 나 어느 쪽의 피가 더 붉은지 시험해 봅시다.
아가씨께 분명히 말씀드리지만, 내 이 얼굴에
용맹한 자들도 겁을 먹었고, 사랑에 걸고 맹세컨대
10 우리나라 최고라는 처녀들도 이 얼굴을 사랑해 왔습니다.
고귀한 여왕님, 당신 생각을 훔치기 위한 것이 아니라면
난 내 얼굴색을 바꾸지 않을 것입니다.
포샤 배필을 선택함에 있어 저는
처녀의 섬세한 눈에 이끌리지만은 않아요.
15 더군다나, 제 운명은 제비뽑기로 정해지게 되어 있으니,
제 스스로 남편을 선택할 권리를 방해받고 있어요.

---

15. 포이보스(Phoebus): 태양의 신

하지만 만일 아버님께서 제 권리를 제약하지 않으셨고,

조금 전에 말씀드린 방법으로 저를 얻는 분과 짝을 맺으라는

지혜로운 말로 구속시키지만 않으셨다면,

고명하신 군주이신 그대는 지금까지   20

제 사랑을 찾아 방방곳곳에서 온

어느 구혼자에 못지않게 훌륭하세요.[16]

모로코 군주   그 말만으로도 고맙습니다.

그러니 부디 날 제비뽑기 상자 있는 곳으로 안내해주십시오.

내 행운을 시험해 보리다. 이 큰 칼,

페르시아 왕 소피와 페르시아 황제를 베어냈고,   25

터키의 솔리만 술탄과[17]

세 번이나 싸워 이겼던 이 칼에 대고 맹세컨대,

아무리 무서운 눈초리라도 마주보아 이겨낼 것이며,

이 땅에서 아무리 용맹한 자들이라도 물리칠 것이며,

그래요, 먹이를 찾아 포효하는 사자도 조롱할 것입니다.   30

아가씨를 얻을 수만 있다면. 허나 애석한 일이지만,

헤라클레스와 라이커스[18]가 주사위를 던져

---

16. 훌륭한(fair): 모로코 왕의 말이 얼굴색에 집중되어 있으므로 여기서 'fair'는 흰 피부를 지녔다는 의미도 지닌다.

17. 큰 칼(Scimitar)은 큰 커브가 있는 칼로 터키 군인들이 사용한 칼을, 소피(Sophy)는 1500년 경 페르시아 왕조를 세운 자를, 솔리만 술탄(Sultlan Solyman)은 오스만 터키 제국의 황제 술래이만 1세(1496-1566)를 칭한다. 술탄은 이슬람 국가의 군주를 일컫는 말이다.

18. 헤라클레스와 라이커스(Hercules and Lichas): 그리스의 영웅과 그 시종

누가 더 훌륭한 사람인지 가린다면, 운에 따라

약자의 손에서 더 큰 수의 주사위가 나올 수도 있는 법.

35 천하의 영웅 엘사이디즈[19]도 시종에게 당할 수 있으니,

나 또한 그럴 수 있습니다. 눈 먼 행운의 여신에 이끌려

보잘 것 없는 자도 얻을 수 있는 행운을 놓치고

슬픔 속에 죽을 지도 모를 일입니다.

포샤   운에 맡길 수밖에 없어요.

아예 선택을 포기하시거나

40 아니면 선택에 앞서, 잘못 고를 경우,

이후로는 어떤 여인에게도 결혼 이야길 절대 하지 않겠다는

맹세를 하셔야 해요. 그러니 신중하게 생각해 주세요.

모로코 군주 절대 안하리다. 자, 내 운을 가를 곳으로 데려다 주십시오.

포샤 먼저, 교회로 가셔서 맹세하시고, 운에 맡겨 모험을 하시는 것은

저녁 식사 후에 하시지요.

45 **모로코 군주**   그럼 행운이여 정해 주소서!

내가 남자들 중 가장 축복 받은 자가 될 지 가장 저주받을 자가 될

것인지를.

화려한 코넷 연주. 모두 퇴장

---

19. 엘사이디스(Alcides): 헤라클레스의 다른 이름

2장[20]

광대 랜슬럿 고보 홀로 등장

랜슬럿 이 유대인 주인집에게서 도망치는 걸 내 양심 친구가 분명히 도
와줄 거야. 악마 녀석이 내 팔꿈치를 치면서 유혹하며 말한단 말
야. '고보, 랜슬럿 고보, 착한 랜슬럿' 또는 '착한 고보'나 '착한
랜슬럿 고보, 다리를 써, 출발해버려, 달아나.' 그러면 양심 친구
는 '안 된다, 조심해야지, 정직한 랜슬럿, 신중하란 말야, 정직한   5
고보' 아니면 아까 말했듯이, '정직한 랜슬럿 고보, 달아나지마,
뒤꿈치로 달아나겠다는 생각이랑 걷어차 버려.' 하지만 가장 용
감하다는 악마 녀석이 나보고 보따리를 싸라지 뭐야. 이 악마 녀
석은 '어서, 가'라고 부추기는가 하면, '떠나!'라고 재촉하고, '제
발 용기내서 달아나'라고 충고한단 말야. 그럼, 내 심장 모가지에   10
붙어있던 양심 친구가 진짜 현명한 말로 타일러주지. '정직한 친
구 랜슬럿, 넌 정직한 아버지의 아들이잖아'라고 ─ 차라리 정직한
어머니의 아들이란 편이 낫겠다. 사실 말이지 우리 아버지한테선
여색에 빠졌던 것 같은 수상한 냄새가 나거든.[21] 아버진 뭔가 음

---

20. 산문으로 말하는 랜슬럿과 고보 노인의 대사가 많은 이 장은 원문과 번역문의 행
수가 일치하지 않는다.
21. '여색에 빠졌던 것 같은 수상한 냄새가 난다'는 원문의 'smack'의 의미를 확장하
여 번역한 말이다. 'smack'은 OED에 따르면 'to kiss noisily'의 뜻이다.

탕한 일을 하셨던 거야. 아버진 그 재미를 보셨고말고. ─ 그럼 양
심 친구는 '랜슬럿, 꼼짝 마'라고 호통치고, 악마 녀석은 '꼼짝
해'라고 소리치고, 양심 친구는 '꼼짝 마'라고 충고하지. 그럼 내
가 '양심 친구야, 네 충고 참 좋구나. 악마 녀석아, 네 충고도 너
무 좋구'라고 내뱉는 거야. 양심 친구의 지시에 따르자면, 난 유
대인 주인집에 있어야 해. 그런데 하느님 맙소사, 이 주인이란 사
람이 말하자면 마귀야. 유대인에게서 도망치려면 악마 녀석의 명
을 따라야 하는데, 미안한 얘기지만, 이 악마 녀석은 마귀 그자체
야. 유대인 주인이 바로 마귀의 화신인 것은 확실한 일이고. 근데
기껏해야 내게 유대인과 함께 살라고 충고하는 걸 보면 양심 친
구는 좀 인정머리가 없어. 악마 녀석의 충고가 더 인정이 있단 말
야. 악마 녀석아, 난 달아난다. 내 뒤꿈치는 네 명령을 따른다. 달
아나겠어.

광주리를 들고 고보 노인 등장

고보 노인 이보시유 젊은이, 말 좀 물어 보겠슈. 유대인 나리 댁은 어느
쪽이유?

랜슬럿 [방백] 아, 이럴 수가? 날 낳아주신 생부시다. 거의 아니 완전히 소
경이 되셔서 날 못 알아보신다. 이참에 아버질 놀려 먹어야겠다.

고보 노인 이보시유 젊은 양반, 뭘 좀 물어 보겠슈. 유대인 나리 댁은 어
느 쪽이유?

랜슬럿 다음 모퉁이에서 오른 쪽으로 도시되, 그 다음 모퉁이에선 왼쪽
으로 가세요. 아 참, 그 다음 모퉁이에선 어느 쪽으로도 돌지 마

세요. 그냥 슬쩍 돌아 내려가면, 바로 유대인 집이에요.

고보 노인 아이고, 찾기가 꽤나 어려운 길이구먼. 그 댁에 사는 랜슬럿이
란 사람이 지금도 살고 있는지 혹시 아슈?

랜슬럿 혹시 랜슬럿 도련님 말씀인가요? [방백] 음, 이제 눈물깨나 쏟게
해드려야겠다. [고보 노인에게] 랜슬럿 도련님 말씀인가요?　　　　　40

고보 노인 나리, 도련님이 아니라 그냥 가난한 제 자식이유. 제 입으로
말하기 뭣한데유, 그 애 아빈 정직하지만 찢어지게 가난해유. 그
래도 편히 잘 살고 있으니 그게 다 하느님 덕분이지유.

랜슬럿 글쎄, 그 아비가 어찌 되었든, 랜슬럿 도련님이야기나 합시다.

고보 노인 나리, 제발 그렇게 부르지 마시유. 그 앤 그냥 랜슬럿이유.　　45

랜슬럿 영감님, 그런고로 부디, 그런고로²² 부탁드리는데요, 랜슬럿 도련
님에 대해 얘기해요.

고보 노인 나리 죄송한데유, 그냥 랜슬럿에 대해서유.

랜슬럿 그런고로 랜슬럿 도련님이요. 어르신, 랜슬럿 도련님에 관해선
말하지 마세요. 운명인지 숙명인지의 그 야릇한 말들, 다시 말해　50
운명의 세 자매들²³과 그 관련 학문 분야의 설에 따르면, 실은 도
련님은 돌아가셨습니다. 우리네 말로 쉽게 말해 하늘나라로 가셨
습니다.²⁴

---

22. 그런고로(ergo): 'therefore'를 의미하는 라틴어인데 랜슬럿이 신사인척하려고 뜻도
모르고 이 말을 사용한다.
23. 운명의 세 자매들(the Sisters Three): 그리스 신화에서 물레로 실을 뽑아 그 실로
인간 운명의 옷감을 짓는 여신들
24. '하늘나라로 가셨습니다'('gone to heaven')가 '돌아가셨습니다'('deceased')보다 더
어려운 말이지만 반대로 말해 희극적 웃음을 유발한다.

고보 노인 아이쿠, 하느님, 이럴 수가! 그 자식을 늙은 내가 지탱할 지팡
이나 버팀목이라 믿었거늘.

랜슬럿 [방백] 내가 몽둥이나 말뚝 혹은 지팡이나 기둥으로 보인다고요?
—[고보 노인에게] 아버지, 절 몰라보세요?

고보 노인 아이구 세상에. 젊은 양반, 모르겠는데유! 제 자식 놈이—그
애 영혼이 평안하기를—살았나유? 죽었나유? 제발 말씀 좀 해주
세유.

랜슬럿 아버지, 절 몰라보세요?

고보 노인 아이고 나리, 반쯤은 소경이라 몰라보겠는유.

랜슬럿 아니죠, 두 눈이 멀쩡해도 절 알아보시지 못하실 거예요. 현명한
아버지라야 제 자식을 알아보는 법이니까요. 자 영감님, 아드님
소식을 알려드릴게요. [무릎을 꿇는다.] 축복해 주세요. 진실은 반드
시 밝혀지는 법이고, 살인은 오래 숨겨둘 수 없고 사람의 자식은
숨길 수는 있겠으나, 결국 진실이 밝혀지게 되죠.

고보 노인 나리, 제발 일어나세요. 나린 분명히 제 아들이 아니에유.

랜슬럿 제발 농담은 그만 하시고, 자 축복 좀 해 주세요. 제가 바로 랜슬
럿인 걸요. 옛날에도 아버지 아들이었고, 지금도 아버지 아들이
며, 앞으로도 아버지 자식일 랜슬럿요.

고보 노인 제 아들 같지 않아유.

랜슬럿 이걸 어떻게 한담. 여하튼 저는 유대인의 하인 랜슬럿이고, 아버
지의 마누라 마저리가 제 어머니인 게 분명해요

고보 노인 맞지, 내 마누라 이름이 마저리 맞지. 네가 랜슬럿이면, 넌 내
핏줄 바로 내 자식임에 틀림없구먼. 아이구, 하느님 고마우셔라.

아니 웬 수염이 이렇게 더부룩한겨! 네 턱수염이 내 마차 끄는 도
빈의 꼬리털보다 더 덥수룩혀.

랜슬럿 그럼, 도빈의 꼬리털이 줄었나 보죠.[25] 지난 번 봤을 땐 고놈 꼬리
털이 내 턱수염보다 더 덥수룩했었는데.   [일어선다]   80

고보 노인 세상에, 참 많이도 변했구나! 주인 나리와는 사이가 어떤겨?
그 어른께 드릴 선물을 가져왔는데, 네 생각은 어떤겨?

랜슬럿 글쎄요, 글쎄. 위험을 감수하고 달아나는 쪽으로 결정을 내렸기
때문에 얼마만큼이라도 달아날 때까지는 마음이 편치 않을 듯해
요. 제 주인님은 그야말로 유대인이죠.[26] 선물을 드린다고요? 차   85
라리 교수형 밧줄이나 갖다 주세요! 그 어른 종노릇하다가 굶어
죽게 생겼어요. 손가락으로 제 갈비뼈를 다 셀 수 있을 정도라니
까요. 아버지, 오셔서 정말 반가워요. 선물을 주시면, 밧사니오 나
리께 갖다드릴게요. 그분이 정말로 귀한 새 의복을 주신다고 했
거든요. 그분을 모시지 못하게 된다면 전 세상 끝까지라도 달아   90
날 거예요. 어머, 난 참 운도 좋아요. 마침 밧사니오 그분이 오시
네요. 아버지, 저 분께 가세요. 유대인을 더 오래 모시다간, 제가
유대인이 되고 말 걸요.

        밧사니오가 레오나르도와 다른 시종들과 함께 등장

밧사니오 [시종 한 명에게] 그렇게 해도 좋겠지만 아무리 늦어도 다섯 시까

---

25. '도빈의 꼬리털이 줄다'('tail grows backward'): 고보 노인이 아들 머리의 뒤
    (backward)에 난 머리털을 턱수염으로 오인한다. 이 말에 대한 광대의 말장난이다.
26. 여기서 '유대인'이라는 말은 '고리대금업자'라는 비난의 뜻이다.

지는 저녁 식사 준비를 서둘러라. [편지를 건넨다.] 이 편지를 꼭 전
달하고, 새 의복을 맞추도록 하고, 그라시아노에게는 우리 집으
로 빨리 와달라고 전해라.

시종 한 명 퇴장

랜슬럿 아버지, 저 분께요.

고보 노인 [밧사니오에게] 나리께 하느님의 축복이 내리시기를!

100 **밧사니오** 고맙다. 내게 무슨 볼 일이라도 있는 게냐?

고보 노인 나리, 얘가 제 아들 녀석인데유, 불쌍한 놈입니다유—

랜슬럿 [밧사니오에게] 나리, 불쌍한 놈이 아니라 돈 많은 유대인 하인입죠.
나리, 그에 대해 제 아비가 구체적으로 말씀드리겠지만—

고보 노인 제 자식 놈이 말하자면 나리 시중들겠다는 큰 병²⁷을 가지고
105 있시유—

랜슬럿 실은, 긴 말을 잘라 짧게 말하자면, 지금은 유대인을 주인으로 모
시고 있습니다만, 제 소망인즉슨, 제 아비가 구체적으로 말씀드
리겠지만—

고보 노인 이거 나리께 이렇게 말씀드리기가 뭣한데유, 저 녀석이 주인
110 하고 먼 친척 사이만도 못한 사이가 되어서유—

랜슬럿 간단하게 말씀드리자면, 사실인즉 유대인이 저를 못살게 굴어서
부득이 제가 그럴 수밖에 없게 되었습죠.—제 아비가 노인이시지
만 그래도 나리께 증명해 보이시겠지만—

---

27. 병(infection): 소망이란 뜻의 'affection'을 잘못 말한 것으로 웃음을 자아낸다.

고보 노인 나리께 드리려고 비둘기 요리 한 접시를 가지고 왔는데유, 제
청이라는 게 ─   115

랜슬럿 정말 간단하게 말씀드리자면, 그 청은 저와 무관한[28] 것이긴 합
죠. 이 정직한 노인네가 나리께 말씀 올리겠지만, 글쎄 제 말은
이 늙은이가 아주 가난한 제 아비라는 것입죠.

밧사니오 한 사람만 말해라. 원하는 게 뭐냐?

랜슬럿 나리를 모시고 싶습니다요.   120

고보 노인 바로 그게 이 문제의 오점[29]인데유, 나리.

밧사니오 [랜슬럿에게] 난 너를 잘 알고 있다. 네 청을 들어주겠다.[30]
네 주인 샤일록이 오늘 나와 대화 도중 널 추천하더구나.
돈 많은 유대인 집에서 일하는 걸 그만두고
나와 같은 가난뱅이 신사네 하인이 되는 게   125
신분상승이라도 되는 것이라면 그렇게 해라.

랜슬럿 '하느님의 은총이 풍족하리니'라는 옛 속담[31]을 제 주인 샤일록과
나리께서 정말 반반씩 잘도 나눠가지셨습죠. 나리께선 은총을 받
으셨고, 제 주인은 재물이 풍족하니까요.

밧사니오 거, 말 한 번 잘하는구나. 노인, 아들과 함께 가시죠.   130
[랜슬럿에게] 옛 주인 집에 가서 작별인사를 한 후

---

28. 무관한(impertinent): '관련된다'는 뜻의 'pertinent'를 'impertinent'로 잘못 사용해
웃음을 자아낸다.
29. 오점(defect): '요점'이란 뜻의 'effect' 대신 'defect'를 잘못 사용해 웃음을 자아낸다.
30. 랜슬럿과 고보가 산문으로 말한다면, 밧사니오는 시로 말하고 있다. 산문의 행이
원문과 다르므로 이 번역된 시의 행도 원문의 시의 행과 다르다.
31. 「고린도후서」 12장 9절 'The Grace of God is (gear) enough'에서 유래한 속담이다.

내 거처로 찾아오너라. [시종에게] 저 자에게
다른 하인들의 것보다 술이 더 많이 달린 옷을 줘라.³² 꼭 그리 해라.

시종 퇴장

랜슬럿 아버지, 들어가시죠. 일자릴 구할 수가 없어요, 없다니까요.³³ 영
135 머리가 딸려 혀가 돌아가질 않아요! [자신의 손바닥을 바라본다.] 음,
이 손을 성경에 올려놓고 맹세하지만 이탈리아 천지에 나보다 좋
은 손금을 가진 자가 있을까요? 그렇다 해도, 정말 운이 좋은 놈
은 나란 말이에요. 보세요. 요기엔 별 볼일 없는 생명 금이 나 있
어요! 요기엔 신통치 않은 마누라 금들도 나 있구요! 이를 어째
140 요, 마누라가 겨우 열댓 명뿐이라니! 과부가 열하나에 처녀가 아
홉이라 해도 사내 한 사람 몫으론 별 것이 아닌데 말이죠. 그 다
음으론 세 번씩이나 익사당할 뻔하지만 살아나는 금도 있고, 깃
털이불 덮고 자다 침대 모서리에서 목숨 잃을 위험한 금도 있어
요. 요기엔 시시껄렁한 액땜 금도 있긴 하네요. 음, 운명의 신이
145 여자라면, 이런 일³⁴ 하기에 꼭 맞는 계집일 걸요. 아버지, 가시죠.
전 눈 깜빡할 사이에 유대인과 작별하구 올게요.

랜슬럿과 고보 노인 퇴장

---

32. 술이 많은 의복은 광대가 입는 옷이다. 밧사니오는 랜슬럿을 하인에서 광대로 승진
시키고자 한다.
33. 이미 랜슬럿은 일자리를 얻었으므로 이 말은 일종의 반어법이다.
34. 일(gear): '일'과 광대의 '난센스'라는 두 가지 의미를 지닌 단어

밧사니오 [레오나르도에게 사야 할 물건 목록을 건넨다.]³⁵

레오나르도, 이걸 꼭 명심해야 한다. 이 물건들을 사서 순서대로

배에 선적해 놓고 서둘러 돌아오너라. 오늘 밤, 가장 귀중한 친구

들을 초대해 잔치를 벌이고 신나게 놀 것이니. 어서 가봐라.   150

레오나르도 최선을 다해 분부하신 대로 실행하겠습니다.

그라시아노 등장

그라시아노 [레오나르도에게] 자네 주인님은 어디에 계신가?

레오나르도   저기 걸어가시고 계십니다, 나리.

퇴장

그라시아노 밧사니오 경!

밧사니오 그라시아노!

그라시아노 청이 하나 있네.

밧사니오   벌써 승낙했네.   155

그라시아노 거절하면 안 되네. 벨몬트로 반드시 함께 가야 하네.

밧사니오 자네가 가야겠다면 가야지.

하지만 그라시아노, 내 얘길 들어보게.

자넨 너무 거칠고, 너무 무례하고, 또 너무 함부로 말을 하네.

---

35. 이 밧사니오 대사부터 시로 쓰여 졌다. 그러나 앞부분의 산문의 행수가 우리말로
번역되면서 원문의 행수와 달라졌으므로 이 부분의 행수도 원문의 행수와 다르다.
밧사니오의 대사는 원문의 경우 169행부터 시작되나, 이 번역본에서는 146행부터
시작된다.

이런 점들은 정말로 자네다운 특징들이고,

우리 눈에도 결코 결점이 아닌 것으로 보이네만,

자네를 잘 알지 못하는 사람들에게는 그것들이, 뭐라 할까,

너무 자유분방하게 보일 수도 있단 말이네.

그러니 부탁하네만 자네의 날뛰는 성미에

겸손이라는 차디찬 물을 떨어뜨려 그 성미를 자제시켜주게.

자네의 방종한 행동들 때문에 내가 그 곳에서

오해받고 그로인해 내 희망이 깨지지 않았으면 좋겠네.

그라시아노   밧사니오 경, 내 말도 들어 보게.

점잖은 옷차림으로 점잖은 행동을 하고

말씨는 공손하게 욕은 가끔씩만 하고,

기도서를 호주머니 속에 넣은 채 진지한 체하고,

그뿐 아니라, 기도 중에 모자로 이렇게

눈을 가리고 한숨을 내쉬며 '아멘'이라 말하고,

자기 할머니 비위를 맞추기 위해 애써 심각한 표정을 짓는 자처럼,

세상의 예의범절을 몽땅 다 지키겠네.

그렇지 않는다면, 다신 내 말을 믿지 말게.

밧사니오 음, 자네 태도를 두고 보겠네.

그라시아노 아니, 오늘 밤은 빼고. 오늘 밤 내 행동으로

미래의 날 판단하면 안 되네.

밧사니오   암, 그렇게 하면 섭섭한 일.

오히려 오늘만은 자네가 엄청 과감하게 화려한 연회복을

입었으면 좋겠네. 흥겹게 한판 벌이려는

친구들이 모이는 만큼 그래야지. 지금은 잠시 헤어지세.
볼일이 좀 있네.

그라시아노 로렌조와 그 패거리 친구들한테 갔다가
다 같이 저녁 식사 때 자네 집으로 가겠네.

밧사니오와 그라시아노 퇴장

3장

제시카와 랜슬럿 등장

제시카 네가 이렇게 아버지 곁을 떠난다니 섭섭하구나.
우리 집은 지옥이야. 너라는 장난꾸러기 악마가 있어서
조금은 지겨움을 덜 수 있었는데.
잘 가. 1더컷이니, 받아두렴.
그리고 랜슬럿, 곧 저녁 식사 때
네 새 주인님이 초대한 로렌조를 뵙게 되거든
이 편지를 전해주렴. 몰래 전해야 해.
그럼 잘 가. 너와 이야기하고 있는 걸
아버지께 들키고 싶진 않구나.

랜슬럿 안녕히 계셔요. 눈물이 앞서 말이 나오질 않는구먼요.[36] 이교도이
긴 해도 참으로 아름다운 아가씨, 너무도 상냥한 유대인 아가씨!
제가 속고 있는지도 모릅죠. 어떤 기독교인이 아가씨 어머니께
장난을 걸어 아가씨가 태어난 것을 몰라보고요. 안녕히 계셔요.
이놈의 바보 같은 눈물이 쏟아져 제 단단한 사나이 마음이 물러
지고 마네요. 안녕히!

---

36. 눈물이 말을 막는다는 뜻으로 'inhibit'를 써야 하는데 'exhibit'로 잘못 써서 웃음
을 자아내는 부분인데, 번역에는 이 말장난이 반영되지 못했다.

제시카 잘 가, 착한 랜슬럿,   15

아아, 아버지의 자식임을 부끄러워하다니

이게 얼마나 끔찍한 죄인가!

비록 핏줄로는 아버지의 딸이지만

난 성품 면에선 아버지를 닮지 않았어. 아, 로렌조,

약속을 지켜준다면 이 마음의 갈등에서 벗어나   20

기독교도가 되고, 당신의 사랑스러운 아내가 될 테야.

퇴장

4장

그라시아노, 로렌조, 솔라니오, 살레리오 등장

로렌조 그게 아니라, 저녁 식사 도중에 슬쩍 빠져나와,

우리 집에 가서 변장하고 돌아오세. 다 같이.

한 시간이면 될 걸세.

그라시아노 우린 충분히 준비하지 못했네.

5 **솔라니오** 횃불잡이 얘기도 아직 못했네 그려.

살레리오 멋지게 준비하지 않으면 시시할 수도 있네.

그러느니 차라리 집어치우는 게 날지도 모르네.

로렌조 지금 네 시밖에 안되었으니 준비할 시간이

두 시간이나 있네.

편지를 들고 랜슬럿 등장

랜슬럿 너구나. 무슨 일이냐?

랜슬럿 [편지를 로렌조에게 건넨다.] 이걸 뜯어보시면, 무슨 얘기가 쓰였는지

11 아시게 되겠습죠.

로렌조 아는 글씨체야. 정말이지, 예쁜 필체야.

이 편지를 쓴 예쁜 손이 이 편지지보다

더 하얀 걸.

그라시아노   연애편지가 분명해!

랜슬럿 이만 물러가요, 나리.　　　　　　　　　　　　　　　　　　15

로렌조 어디로 가는 거냐?

랜슬럿 예, 실은 예전 주인인 유대인에게 가서, 새 주인인 기독교인 댁으로
오늘 밤 만찬에 오시라고 여쭈러 가는 중입죠.

로렌조 잠깐. 이걸 받아라. [돈을 준다] 상냥한 제시카에게 내가 틀림없이
약속 시간에 가겠다고 전해라. 은밀하게 전해야 해.　　　　　20

랜슬럿 퇴장

자 친구들, 가세.
오늘 밤에 있을 가면무도회 준비를 하지 않을 텐가?
횃불잡이는 내가 구해 놓겠네.

살레리오 음, 좋지. 당장 준비하겠네.

솔라니오 나도 그리하겠네.

로렌조　　　　　　　　　 먼저 그라시아노를 만나고 있을 테니　　25
한 시간 쯤 후 그라시아노 집으로 오게.

솔라니오 그렇게 하세.

솔라니오와 살레리오 퇴장

그라시아노 그거 아름다운 제시카한테서 온 편지 아닌가?

로렌조 자네에게 다 털어놔야겠군. 내가 어떻게 그녀를
그녀 아버지 집에서 데리고 나갈 것인지를 알려왔다네.　　　30

무슨 금화와 보석을 가지고 나가는지
어떤 시동의 복장을 마련해 놓았는지도 함께.
만약에 그녀의 유대인 아버지가 천국에 갈 수 있다면,
그건 상냥한 딸 덕분일 걸세.

신앙심 없는³⁷ 유대인 여식이라는
이유 때문만 아니라면
감히 불행이 닥쳐 그녀의 앞길이 막히는 일은 없을 걸세.
자 같이 가세. 가면서 이 편지를 읽어 보게.
[그라시아노에게 편지를 건넨다.]
아름다운 제시카를 나의 횃불잡이로 삼을까 하네.

로렌조와 그라시아노 퇴장

---

37. 신앙심 없는(faithless): 기독교의 입장에서 유대교를 신앙이 없다고 말하지만 '신뢰
할 수 없는'의 의미도 지닌다.

5장

샤일록과 랜슬럿 등장

샤일록 자, 이제 알게 될 거다. 늙은 샤일록과 밧사니오의 차이를—
네 눈으로 똑똑히 확인하게 될 거야.
[부른다] 얘야, 제시카야! —[랜슬럿에게] 내 집에 있었을 때처럼
배터지게 먹지도 못할 것이고. —[부른다] 얘야, 제시카야! —
[랜슬럿에게] 마음대로 코 골고 자지도 못할 거고, 옷 찢는 일도 하지
못할 것이다.[38] —   5
[다시 부른다.] 얘야, 제시카야, 부르고 있잖니!

랜슬럿   아씨, 제시카 아씨!

샤일록 누가 너더러 부르라고 했느냐? 부르라고 시키지 않았어.

랜슬럿 나리께서 말씀하셨구먼요. 시키지 않으면 아무것도 할 수 없는
놈이라고 나무라셨습죠.

제시카 등장

제시카 부르셨어요? 무슨 일이세요?   10

샤일록 저녁 만찬에 초대 받았다. 제시카야.
열쇠 꾸러미다. 내가 왜 가야 하느냔 말이냐?

---

38. 유대교에서는 애도의 표시로 옷을 찢는다.

호의로 초대받은 것도 아니고, 그자들이 내게 아첨하는 것뿐인데.
그래도 내가 가는 건 증오 때문이다. 그 방탕한 예수쟁이 놈의

15 음식을 축내고 와야겠다. 내 딸 제시카야,
집을 잘 지켜라. 그런데 가는 게 도무지 내키질 않는구나.
간밤에 돈 자루 꿈을 꾸었다.
불안한 예감이 들어 마음이 편치 않구나.

랜슬럿 나리, 어서 가세요. 제 젊은 주인께서 나리의 질책[39]을 기다리고

20 계신뎁쇼.

샤일록 나도 마찬가지로 그 질책을 기다리고 있다.

랜슬럿 게다가 그 양반들이 함께 모여 준비를 했습죠. 나리께 가면무도
회 구경을 가시라고 권하는 것은 아닙니다만, 혹 구경하신다면
그게 아무 것도 아닌 걸 아실 거구먼요. 제가 지난 부활절 다음

25 검은 월요일 아침 여섯 시에 코피를 흘리는 불운을 당했어도 아
무 일 없었으니까요. 그해 재의 수요일에도 똑같이 코피를 흘렸
구먼요. 오늘 오후면 그로부터 꼭 4년째가 되고요.[40]

샤일록 뭐라, 가면무도회가 있다고? 제시카야, 잘 들어라.

---

39. 질책(reproach): 랜슬럿은 'approach'를 'reproach'로 잘못 사용한다. 웃음을 자아
내면서도 기독교도들의 유대인에 대한 부정적 반응을 전달한다.
40. 검은 월요일(Black Monday)이라는 이름은 1360년의 부활절 다음 날인 월요일에
매서운 추위로 많은 사람들이 얼어 죽은 이후 생겼다. 여러 기독교 문화권에서는
부활절 다음날 이후부터 세속적인 축제가 이어졌다. 재의 수요일(Ash Wednesday)
은 첫 번째 단식일로서 이 단식은 부활절까지 약 40일간 이어졌다. 코피를 흘리는
것은 불운의 징조로 알려져 있었는데, 이 대사에서 랜슬럿은 그 불운에도 가면무도
회가 열렸다는 것을 말함으로써 샤일록의 꿈에 대한 미신을 조롱하고 있다.

집 안 문들을 꽁꽁 잠가 두어라. 북소리가 나건,

목을 비틀며 불어대는 망측한 피리 소리가 나건,　　　　　　　　30

창문으로 기어 올라가거나,

한길 쪽에다 목을 내밀지도 말아라.

알록달록한 가면을 쓴 그 예수쟁이 광대들을 봐서는 안 된다.

내 집의 귀란 귀는 -창문을 말하는 것이다- 을 꼭꼭 틀어막고

점잖은 우리 집안으로 들뜬 그놈들의 광대 짓거리 소리가　　　35

들어오는 일이 없도록 해라. 야곱의 지팡이에 걸고 맹세하지만,

아무래도 오늘 밤 만찬에 가는 게 내키질 않는다.

그래도 가봐야지. 이놈아, 먼저 가서

내가 간다고 전해라.

랜슬럿 먼저 갑니다요, 나리. [제시카에게 방백으로] 아가씨, 그래도 창문으로

내다보세요. -　　　　　　　　　　　　　　　　　　　　　　41

유대인 아가씨 마음에 들 만한

기독교인이 지나갈 테니까요.

퇴장

샤일록 저 바보 같은 하갈의 자손[41]이 뭐라고 하더냐, 응?

제시카 '안녕히 계세요, 아가씨'라고 했을 뿐- 아무 말도 안했어요.　　45

샤일록 저 알록달록 옷의 광대 녀석, 착한 놈이야. 헌데 먹성이 과해.

일 배우는 데는 느림보 달팽이, 낮에도 살쾡이보다 잠을 더 자.

---

41. 하갈의 자손(Hagar's offspring): 이집트 노예 하갈과 아브라함 사이의 서자로 적자
　　인 이삭을 조롱한 죄로 추방되었다. 「창세기」 21장 9~10절.

놀기 바쁜 수벌들[42]을 내 집에 데리고 있을 수는 없어.
그래서 그놈을 내보는 거야. 저런 놈은
나한테 빚을 진 자에게 보내 그 작자의 낭비벽에
보탬이 되게 해야 해. 자, 제시카야, 들어가거라.
어쩌면 곧 바로 돌아올 수도 있다.
시킨 대로 해라. 문단속을 잘 해야 한다.
'단단히 묶어야, 실수가 없다'[43]고 하지 않느냐―
이 속담은 알뜰한 살림꾼에겐 녹슨 말이 아니란다.

퇴장

제시카 안녕히 다녀오세요. 나의 운이 방해받지 않는다면,
나는 아버지를, 아버진 딸을 잃게 되겠군요.

퇴장

---

42. 수벌들(drones): 일하지 않고 여왕벌을 임신시키는 일만 하는 수벌들
43. '단단히 묶어야, 실수가 없다'('Fast bind, fast find'): 안전하다는 의미의 두음반복
    으로 리듬감을 살린 속담

6장

가면무도회 복장을 한 그라시아노와 살레리오 등장

그라시아노 여기가 바로 로렌조가 우리더러 서있으라고 한
지붕달린 집이네.

살레리오 약속 시간이 거의 다 지났군.

그라시아노 그자가 약속시간에 늦다니 이상한 일 아닌가.
연인들이란 시계보다 앞서 오는 법이거늘.

살레리오 아, 비너스가 탄 마차를 끄는 비둘기들도[44]   5
이미 맺어진 사랑의 맹세를 지킬 때보다
새로운 사랑의 맹세를 날인할 때 열 배나 더 빨리 날아오거늘.

그라시아노 그건 언제나 그렇지. 잔치 상 앞에 앉을 때의
왕성한 식욕을 상에서 일어설 때까지
가지고 있는 자가 누가 있겠냐? 처음 달렸던 지루한 길을   10
조금도 지치지 않고 계속 열정적으로 달리는 말이 어디에 있냐고?
세상만사는 이미 재미를 본 것보다는
새로운 것을 쫓을 때 더 흥이 나는 법.
깃발 휘날리며 신이 나서 고향 항구를

---

44. 비둘기들이 비너스(Venus) 여신의 마차를 끌었다. 비너스 여신은 사랑, 미, 성, 풍
요, 욕망을 뜻하는 로마의 여신으로 그리스 신화에서는 아프로디테 여신에 해당한
다.

떠나는 배는 젊은이나 탕자와 같지 않은가!

창녀 같은 바람 품에 안겨 포옹하는 모습이 그렇다네.

하지만 돌아올 때 보면 어쩌면 그렇게도 돌아온 탕자와 같으냐 말야!

창녀 바람에 야위고, 찢기고, 거지꼴이 되어선

풍랑에 시달려 목재는 닳아 없어지고, 돛도 찢어져 있단 말일세!

로렌조 등장

살레리오 로렌조가 오는군. 남은 이야긴 다음에 듣기로 하세.

로렌조 사랑하는 친구들, 인내심을 발휘해 한참을 기다려주었어.

늦은 건 내가 아니라 내 일 때문이었네.

자네들이 아내감을 도둑질 할 때

그만큼 오랫동안 기다려 주도록 하지. 이리들 와 보게.

여기가 내 장인 유대인 집이야. 여보시오? 안에 누구 없습니까?

위층에서 제시카, 소년 복장으로 등장

제시카 누구시죠? 당신 목소리는 분명 알겠지만

더 확실히 하기 위해서니 말씀해 주세요.

로렌조 로렌조, 당신의 사랑.

제시카 분명 로렌조, 내 사랑 맞아요.

제가 누구를 이토록 사랑하겠어요? 제가 당신의 애인이라는 걸

당신 로렌조 말고 누가 알겠어요?

로렌조 당신이 나의 애인이라는 건 하늘과 당신 마음이 증인이죠.

제시카 여기, 이 상자를 받으세요. 애쓴 만큼의 가치가 있는 상자죠.

당신이 절 바라볼 수 없는 밤이라서 기뻐요.

변장한 제 모습이 많이 부끄러우니까요.   35

사랑은 장님이라서 연인들의 눈엔 자신들이 저지르는

우스꽝스러운 장난들이 보이지 않지요.

만일 보인다면 큐피드[45] 조차도 이렇게

소년으로 변모한 제 모습을 보면 낯을 붉힐 거예요.

로렌조 내려와요. 그대가 오늘 내 횃불잡이가 되어야 하니까.   40

제시카 어머, 제 부끄러운 모습이 보이게 촛불을 들어야 한다구요?

제 부끄러운 모습들이 가만히 있어도 너무도 밝게 드러나는데요.

횃불잡이라면 훤히 비춰주는 일을 해야 하는 법인데, 어쩌나.

그래도 전 숨어야만 해요.

로렌조   내 사랑, 그래서 그대가 그렇게

사랑스러운 소년 복장에 몸을 숨겼군요.   45

하지만 어서 내려와요.

비밀스럽게 숨겨주는 밤이 도망자 편이 되어 주니까.

게다가 밧사니오의 연회장에서 모두 우릴 기다리고 있어요.

제시카 문을 단단히 잠그고 돈을 더 챙겨서

곧 내려갈게요.   50

위층에서 퇴장

---

45. 큐피드(Cupid): 로마 신화에서 활과 화살을 들고, 날개가 달린 예쁜 남자 아기 모
    습을 한 사랑의 신. 비너스 여신의 아들이다.

그라시아노 음, 내 두건[46]에 맹세컨대, 그녀는 정말 상냥해. 유대인 같지 않아.

로렌조 그녀를 진심으로 사랑하지 않는다면 날 저주하게나.

　　　내 판단이 옳다면, 그녀는 현명하고,

　　　내 눈이 진실하다면, 그녀는 아름답고,

55　　그녀 스스로 증명한 대로, 그녀는 진실하다네.

　　　그러하니 현명하고, 아름답고, 진실한 그녀를

　　　나의 변치 않는 영혼 속에 간직해두겠네.

　　　　　　　　　제시카 등장

　　　아, 내려왔어요? 상냥한 신사 분,[47] 어서 가요!

　　　지금쯤이면 가면무도회의 친구들이 우릴 기다리고 있을 테니.

　　　　그라시아노를 제외하고 모두 퇴장, 안토니오 등장

60　**안토니오** 누구요?

그라시아노 안토니오 씨!

안토니오 아이고, 세상에, 그라시아노 아닌가? 다들 어디 있었던 게요?

　　　시간이 벌써 아홉 시군. ─우리 친구들 모두 자넬 기다리고 있었네.

　　　오늘 밤 가면무도회는 취소되었다네.

65　　풍향이 바뀌어서 밧사니오가 곧 배를 타고 떠나야 해서지.

　　　자넬 찾느라고 사람을 스무 명이나 보냈었네.

---

46. 그리시아노가 가장무도회를 위해 차려 입은 옷의 일부이다.

47. 신사 분(gentleman): 소년으로 변장한 제시카를 일컫는다.

그라시아노 그거 정말 잘 되었군. 오늘 밤 배를 타고 떠난다니
이보다 더 기쁠 수가 없네그려.

안토니오와 그라시아노 퇴장

7장

팡파레. 포샤와 모로코 군주 등장. 양측 모두 시종들과 함께.

포샤 [시종에게]

가서, 커튼을 젖히고 각각의 상자들을

이 고귀하신 군주님께 보여드려라.

[모로코 군주에게] 어서 선택하세요.

모로코 군주 이 첫 번째 금 상자에는 이런 글귀가 새겨져 있습니다.

5 '나를 선택하는 자, 많은 사람들이 원하는 것을 얻으리라.'

두 번째인 금 상자에는 이런 약속이 담겨 있습니다.

'나를 선택하는 자, 자신에게 합당한 것을 얻으리라.'

이 세 번째, 둔탁한 납 상자에는 아주 퉁명스러운 경고문이 있습니다.

'나를 선택하는 자, 자신이 가진 전부를 내주고 모험을 걸어야 하

느니라.'

10 내가 올바른 상자를 선택했는지 어떻게 알게 됩니까?

포샤 군주님, 이 세 상자 중 하나에 제 초상화가 들어 있어요.

그걸 선택하시면, 전 군주님의 차지가 되는 것이지요.

모로코 군주 신이 있다면,[48] 현명한 판단력을 내려주소서! 자, 보자,

다시 한 번 글귀들을 살펴봐야겠다.

15 이 납 상자는 뭐라고 했더라?

---

48. 모로코 왕은 불특정 신(some god)을 언급하는데, 이는 그가 이교도임을 드러낸다.

'나를 선택하는 자, 자신이 가진 전부를 내주고 모험을 걸어야 하느니라.'

'내주다니―무엇을 위해? 납을 위해? 납 때문에 모험을 건다고?

이건 위협이다. 전부를 걸고 모험하는 건

짭짤한 이득이 생길 것 같을 때나 가능한 일이지.   19

황금 같은 고귀한 정신은 허접한 겉치레에 허리를 굽히지 않는 법.

그러니 난 납을 위해 그 어떤 것도 내주지도 모험을 걸지도 않을 테다.

처녀와 같은 순백 색깔의 은상자는 뭐라고 말하고 있지?

'나를 선택하는 자, 자신에게 합당한 것을 얻으리라.'

'자신에게 합당한 만큼'이라! 가만 있자, 모로코 군주여,[49]

공평한 저울로 그대 가치를 달아보라.   25

평판을 잣대로 재어 본다면,

그대의 가치는 충분하지. 그러나 이 여인을

얻을 정도로 충분하지 못할 수도 있어.

그렇다고 나의 가치에 대해 불안해하는 것은

스스로의 가치를 과소평가하는 것에 불과하다.   30

내게 합당한 만큼이라! 그야말로 저 여인이다.

나는 태생이나 재산, 성품이나 교양에 있어서

그녀를 차지할 만큼 합당하다.

무엇보다 사랑하는 마음에 있어서 합당하지.

더 이상 망설이지 말고, 이걸 선택할까?   35

금 상자에 새겨진 이 말을 다시 한 번 보자.

---

49. 모로코 군주가 자신의 이름을 부르고 이후 자신을 그대라 칭하며 말하는 장면이다.

'나를 선택하는 자, 많은 사람들이 원하는 것을 얻으리라.'
맞아, 바로 이 여인이다. 온 세상 사람들이 그녀를 원하고 있어.
이 성스러운 그릇, 이 살아 숨 쉬는 성처녀에게 입을 맞추기 위해
40 세상 방방곡곡에서 사람들이 몰려오고 있지 않은가.
히르카니아[50] 지역의 사막과 거친 아라비아의
광활한 황무지도 아름다운 포샤를 보러오는
군주들을 위한 큰 길이 되었다지.
야심찬 고개를 쳐들고 하늘로 침 뱉는
45 바다의 왕국도 외국에서 몰려오는 용감한 구혼자들을
막아내는 장애물이 못되고. 아름다운 포샤를 보기 위해
그들은 마치 개울을 건너듯 쉽게 몰려들고 있다.
이 세 상자 중 하나에 포샤의 신성한 초상화가 들어 있다.
납 상자에 그녀가 들어 있을 것 같은가? 그런 천한
50 생각을 하는 것은 저주 받을 일. 어두운 무덤 속에서
그녀의 시신을 수의로 감싸기에도 납은 너무 천하다.
아니면 순금의 십분의 일 가치도 없는
은으로 그녀를 둘러싼다고 생각해 볼까?
아, 그건 생각만으로도 죄악이다! 저처럼 값진 보석인 여인이
55 금보다 못한 것으로 장식될 수는 없다.
영국에는 천사의 모습을 새긴 금화가 있다고 하지만,
그건 표면에 새긴 것에 불과해.
그런데 여기, 이 안에 천사가

---

50. 하르카니아(Hyrcania): 카스피 해 남동쪽에 위치한 페르시아 지역

황금 침대 속에 누워있다. 열쇠를 주시오.

이걸 선택한다. 내게 운이 닿아 성공하길!　　　　　　　　　60

포샤　군주님, 여기 있습니다. [그에게 열쇠를 건네며] 제 초상화가 거기에

누워 있다면,

저는 군주님 차지예요! [모로코 군주가 금 상자를 연다.]

모로코 군주　　　　　　세상에, 빌어먹을! 뭐가 들어 있는 거야?

해골바가지라니, 푹 꺼진 눈 속에

두루마리 종이가 끼어 있군! 읽어보자.

[읽는다.]

"반짝이는 것이 다 금은 아니다.　　　　　　　　　　　65

자주 그대는 이 말을 들었으리라.

많은 이들이 내 겉모습만 보고

목숨을 던졌도다.

금박을 씌운 무덤엔 구더기만 우글거리는 법.

그대가 담대한 만큼 현명했더라면,　　　　　　　　　70

사지육신은 젊어도, 성숙한 판단을 했더라면,

이 두루마리의 답을 얻지는 않았을 것이리라.

잘 가시오. 그대의 청혼은 열정이 빠져버린 차가운 것이니."

참으로 차갑군. 헛수고를 했어.

그렇다면 열정과 작별하고 현실의 찬 서리를 맞이해야지.　　　75

포샤 아가씨, 안녕히. 너무도 마음이 아파

작별인사를 길게 고할 수도 없습니다. 패자는 이렇게 떠납니다.

시종들과 함께 퇴장

포샤 시원하게 잘 없앴어. 커튼을 치고, 들어가자.
　　　저런 피부색의 남자들은 다 저렇게 선택했으면.

모두 퇴장

8장

살레리오와 솔라니오 등장

살레리오 이보게, 밧사니오가 출항하는 것을 보았는데,

그리시아노도 함께였다네.

헌데 로렌조는 그 배에 분명히 타지 않았네.

솔라니오 유대 놈 악당이 큰 소리를 질러 공작 각하께서 깨셨다지 뭔가.

그래서 공작 각하께서도 함께 밧사니오 배를 찾으러 가셨다네.   5

살레리오 너무 늦게 가셨지. 배가 이미 출항한 뒤였거든.

거기서 공작 각하께서 보고를 받았는데,

로렌조와 그와 사랑에 빠진 제시카가

곤돌라에 함께 타고 있었다나 보네.

게다가, 안토니오가 공작 각하께 확실하게 증언한 바에 따르면,

로렌조와 제시카는 밧사니오의 배에 타지 않았다고 하네.   11

솔라니오 그 유대인 개자식이 길거리에서 울부짖는 소릴 들었는데,

여태 난 그렇게 정신을 잃은 채, 격분하여, 이리저리 날뛰고

발악하는 소릴 들어본 적이 없네.

'내 딸이!, 아, 내 돈을! 아, 내 딸이!   15

예수쟁이와 도망을 쳤단 말이오! 아, 예수쟁이들한테서 벌어들인

내 돈을!

재판이다! 법이다! 내 돈을! 내 딸이!

꽁꽁 묶어둔 돈 자루, 꽁꽁 묶어둔 돈 자루 두 개를,

딸년이 훔쳐간 금화[51] 두 자루를,

게다가 보석도, 보석을 두 개씩이나, 값비싸고 귀중한 보석 두 개를

21   내 딸년이 훔쳐갔다! 재판이다! 그년을 찾아 주시오.

그년이 보석을 가져갔다. 돈도!'

살레리오 그래선지 베니스 꼬마들이 그자 뒤를 쫓아다니며

'내 보석을!, 내 딸년이, 내 돈을!'이라 소리쳐 대고 있다네.

25 **솔라니오** 선한 안토니오에게 날짜를 지키라고 하게.

안 그러면 톡톡히 대가를 치를 게야.

살레리오   참, 이제 생각이 나는군.

어제 내가 어떤 프랑스 사람과 이야기를 나눴는데,

그자 말이 프랑스와 영국을 가르는

좁은 해협에서 화물을 잔뜩 실은

30   우리나라 배 한 척이 침몰했다더군.

그 말을 듣고 안토니오 생각이 났지만,

그저 속으로만 그 배가 안토니의 배가 아니길 바라고 있었네.

솔라니오 자네가 들은 이야기를 안토니오에게 말해주는 것이 좋겠네.

하지만 불쑥 말하진 말게나. 상심할 수도 있으니까.

35 **살레리오** 그보다 더 심성이 고운 사람은 이 땅에 없지.

밧사니오와 안토니오가 헤어지는 것을 보았는데,

밧사니오가 가급적 빨리 돌아오겠다고

---

51. 금화(double ducats): 옛 영국 파운드의 2/3의 가치가 되는 스페인 동전. 스페인에
서 금으로 동전을 만들었을 것으로 추정하여 금화로 번역했다.

말하니, 안토니오가 이렇게 답하더군.

'밧사니오, 그러지 말게. 나 때문에 서두르다 일을 망치지 말게.

때가 무르익을 때까지 머물러 있다 오게.   40

유대인이 내게서 받아간 차용증서 말인데,

그게 자네 사랑의 마음에 끼어들지 않았으면 하네.

즐거운 마음을 갖도록 하고, 구혼에 전력을 다하고,

그곳에서 자네에게 어울리는 사랑을

멋지게 표현하는 일에만 마음을 쓰게.'   45

그러면서 눈물을 글썽이며

고개를 돌린 채, 뒤에서 손을 내밀고선

놀랄 정도로 강렬한 애정을 표하며

밧사니오의 손을 꽉 잡았네. 그들은 그렇게 작별했다네.

솔라니오 그 친구는 오로지 밧사니오 때문에 세상살이의 즐거움을 알게

된 듯하군.   50

우리 같이 가서 그를 찾아내,

이런 저런 재미난 것으로 기분을 풀어주세.

잔뜩 무거운 마음을 끌어안고 모양이니.

살레리오   그렇게 하세.

모두 퇴장

9장

네리사와 시종 한 명 등장

네리사 어서, 어서 서둘러. 부탁이니 당장 커튼을 쳐 줘.
아라곤 군주님께서 서약을 마치고
곧 선택하려 오신다고 한다.

팡파레. 일행을 거느린 아라곤 군주와 포샤 등장

포샤 보세요. 귀하신 군주님, 여기 세 상자가 있어요.
5 　 　 군주님께서 제가 들어있는 상자를 고르신다면,
즉시 군주님과 저의 결혼식이 엄숙하게 거행될 것이지만,
군주님, 실패하시면, 말없이
당장 여기를 떠나셔야 해요.
아라곤 군주 세 가지 조건을 지키겠다고 맹세했습니다.
10 　 첫째, 내가 선택한 상자가 어떤 것인지
누구에게도 발설하지 않을 것이며,
둘째, 내가 옳은 상자를 찾지 못하면,
살아생전 다시는 어떤 처녀에게도 구혼하지 않을 것이며,
끝으로,
15 　 운이 나빠 선택에 실패한다면,
즉각 당신과 작별하고 떠날 것이라고.

포샤 보잘 것 없는 저를 위해 모험하러 오시는 분들 누구나

그와 같은 금지령에 맹세하지요.

아라곤 군주 나도 그걸 지킬 각오가 되어있습니다. 오라, 행운이여,

내 마음 속 희망을 위해! 금, 은, 그리고 미천한 납이라.   20

'나를 선택하는 자, 자신이 가진 전부를 내주고 모험을 걸어야 하

느니라.'

내가 내주고 모험하려면 너는 더 근사해 보여야 한다.

금 상자는 뭐라 말하고 있지? 하, 어디 보자.

'나를 선택하는 자, 많은 사람들이 원하는 것을 얻으리라.'

'많은 사람들이 원하는 것'이라! '많은'이란 표현은   25

외양만 보고 선택하는 어리석은 대중을 뜻하겠지.

우둔한 눈이 가르쳐주는 것 그 이상을 배우지 못하고

내면을 꿰뚫어보지 못하는 자들이지. 비바람 몰아치고

불의의 재앙이 덮칠 수 있음에도 불구하고

외벽에 집을 짓는 제비처럼 말야.   30

난 많은 사람들이 원하는 것을 선택하지 않겠다.

평범한 자들과 같이 날뛰면서

무지몽매한 군중과 한 패가 되고 싶지는 않거든.

자, 그럼 너, 은 보석 상자로 가 보자.

네 글귀를 다시 한 번 살펴보자.   35

'나를 선택하는 자, 자신에게 합당한 것을 얻으리라.'

이 또한 좋은 말이다. 어느 누가 운명의 여신을

속이고 자신의 진가를 확인받지도 않은 채

고귀함의 인장을 받을 수 있겠는가? 그 누구도
40   합당치 않은 존귀함의 옷을 걸쳐서는 안 되지.
오, 신분, 계급, 지위는 부정한 방식으로 얻어서는 안 될 일.
깨끗한 명예는 그걸 걸친 자의 진가로 얻어져야 하느니라!
그렇지 않을 경우, 얼마나 많은 모자 벗은 하인들이
모자 쓴 주인들이 되고 말 것인가!
얼마나 많은 명령하는 입장의 사람들이 명령을 받게 될 것인가!
46   명문가의 순수한 씨앗에서
얼마나 많은 비천한 농사꾼이 태어날 것인가!
또 시대의 찌꺼기와 폐허에서 얼마나 많은 명예로운 사람들이 나타나
새 옷을 입고 새로운 광채를 띠게 될 것인가! 자, 이제 선택의 시간.
50   '나를 선택하는 자, 자신에게 합당한 것을 얻으리라.'
난 합당한 것을 선택하겠다. 이 상자를 열 열쇠를 다오.
즉시 이안에 있는 내 행운을 열어 보겠다.   [그가 은상자를 연다.]

포샤   오랫동안 뜸을 드리시더니 겨우 그걸 찾으셨군요.

아라곤 군주   이게 뭐지? 눈을 껌벅거리는 바보 녀석 초상화가
55   글귀를 내밀고 있구나! 읽어봐야겠다.
너는 어쩜 그리 포샤와 딴판이냐!
내가 희망하는 것과 내게 합당한 것 사이엔 큰 차이가 있구나!
'나를 선택하는 자, 자신에게 합당한 것을 얻으리라.'
내가 바보 대가리 정도 밖에 안 되는 사람이란 말인가?
60   이게 내게 주는 보상인가? 내 가치가 이것밖에 안된단 말인가?

포샤   죄를 범하는 자와 그걸 재판하는 자는 입장이 다르고,

정반대의 일을 하지요.

아라곤 군주   여기엔 뭐라 쓰여 있지?

[읽는다.]

    "이 은상자는 일곱 번 불에 달궈졌다.

    분별도 일곱 번 달궈져야

    잘못된 선택을 하지 않는다.   65

    그림자에 입 맞추는 사람들이 있으니,

    그런 자들은 그림자의 축복만을 얻는다.

    은도금한 살아있는

    바보들이 있으니, 바로 이 상자가 그것이다.

    어떤 아내와 잠자리를 하든   70

    그대는 영원히 바보[52]가 될 것이다.

    그대의 일은 끝났으니, 속히 떠나라."

여기 더 머물렀다가는

점점 더 바보로 보일 것 같군.

바보 머리 하나를 얹고 청혼하러 왔다가   75

바보 머리를 두 개씩이나 얹고 돌아가는구나.

사랑하는 아가씨, 안녕히. 맹세는 지키리다.

괴로움을 묵묵히 참아 내리다.

                 일행과 함께 퇴장

---

52. 원문은 'head'인데, 이 말이 바보의 머리를 뜻해 바보로 번역했다.

포샤 이렇게 촛불에 뛰어든 나방이 타죽었구나.

80 아, 사려 깊다는 바보들! 자기들 딴엔

꾀를 써서 선택했지만 자기 꾀에 넘어가 실패하고 말았어.

네리사 '교수형 당하는 것과 마누라 얻는 것은 팔자소관이다'라는

옛 말이 틀리질 않아요.

포샤 자, 커튼을 쳐라, 네리사.

전령 등장

전령 아가씨는 어디에 계십니까?

85 **포샤** 여기 있다. 자넨 무슨 일인가?

전령 아가씨, 지금 대문 앞에서 젊은 베니스 사람이 말에서 내렸습니다.

그자는 제 주인님이 곧 도착한다는 걸

미리 알리기 위해 온 것입니다.

눈에 보이는 인사치레들도 가져왔습니다.

90 말하자면, 주인의 찬사와 정중한 인사 말씀 이외에

값비싼 선물들을 가져왔습니다. 사랑의 전령으로서

그처럼 어울리는 자를 본 적이 없습니다.

찬란한 여름이 가까이 다가 왔다는 것을 알려주는

4월의 어느 봄날도, 제 주인님보다 먼저 말을 달려온

95 이 전령만큼 달콤하지는 못할 것입니다.

포샤 됐다. 그만 해라. 그러다가 네가

그자의 친척이라고 말할까봐 벌써부터 겁난다.

잔치 상에서나 쓸법한 화려한 말들로 그 사람을 칭찬하고 있으니

말이다.

자, 자, 네리사, 그렇게 예의 바르게 찾아온 자가

재빠른 큐피드의 전령이라면 어서 만나보고 싶구나.　　　　100

네리사 이게 사랑의 신 당신 뜻이라면 밧사니오님이시길!

모두 퇴장

3막

1장[53]

솔라니오와 살레리오 등장

솔라니오   그건 그렇고, 리알토에 무슨 소식이라도?

살레리오   글쎄, 화물을 잔뜩 실은 안토니오의 배 한척이 좁은 해협에서 난파했다는 소문이 파다하게 돌고 있네. 장소는 굿윈즈 모래 턱 이라고 하는데, 들리는 말로는 아주 위험하고 치명적인 여울이라
5   큰 배들의 잔해가 꽤 많이 묻혀 있는 곳이라네. 그놈의 소문이라 는 이름의 수다쟁이 할망구가 거짓말쟁이가 아니라 진실을 말하 는 작자라면 그렇다네.

솔라니오   그 할망구가 헛소리를 한 거라면 오죽 좋겠는가. 생강을 질겅 질겅 씹어 먹으면서 이웃들에게 세 번째 남편이 죽어서 우는 것
10   이라고 믿게끔 하는 그 여편네가 하는 지어낸 소문 같은 것이었 으면 얼마나 좋겠어. 하지만 여러 말을 늘어놓으며 돌려 말하지 않고 단도직입적으로 말하자면 이건 사실이네. 저 선량한 안토니 오가, 정직한 안토니오가ㅡ 아, 내가 그의 이름에 걸맞은 좋은 수 식어를 찾을 수만 있다면!ㅡ

15 **살레리오**   어서, 말을 끝까지 해보게나.

솔라니오   뭐, 자네 뭐라고 말했는가? 이런 세상에, 결론은 그가 배 한 척 을 잃었다는 거네.

---

53. 인물들이 산문으로 대화하는 이 장도 원문과 번역문의 행수가 서로 일치하지 않는다.

살레리오 그의 손실이 이것으로 끝났으면 좋겠네.

솔라니오 악마가 기도를 방해할 수도 있으니까 서둘러 '아멘'이라 말해야 겠군. 저기 유대인 형상을 한 악마가 이리 걸어오고 있으니. 20

샤일록 등장

샤일록, 어쩐 일이오? 상인들 사이에 무슨 소식이라도?

샤일록 당신네들이 누구보다도, 그 누구보다도, 내 딸이 도망친 것을 잘 알고 있질 않소?

살레리오 그렇소. 알고 있소. 나로 말할 것 같으면, 당신 딸이 달고 날아 간 날개를 만든 재단사를 잘 알고 있으니까. 25

솔라니오 그리고 샤일록 당신으로 말할 것 같으면, 날아 갈 날개가 그 새끼 새에 돋쳤다는 걸 알았을 것이고. 날개가 돋치면 새끼 새가 어미를 떠나는 건 자연의 순리지.

샤일록 그년은 지옥에 떨어질 것이오.

살레리오 악마가 재판을 한다면, 그건 그렇지. 30

샤일록 내 살과 피가 반란을 일으키다니!

솔라니오 집어치워, 썩어문드러질 늙은이 주제에. 그 나이에도 반란을 일으킨다고?[54]

샤일록 내 말은 내 딸이 내 살과 피, 즉 혈육이라는 말이오.

살레리오 당신 살과 당신 딸 살은 검은 옥과 하얀 상아가 다른 것보다 35 더 다르고, 두 사람 피는 붉은 포도주와 라인 산 백포도주가 다른

---

54. 솔라니오는 샤일록의 말을 못 알아들은 척하며, 샤일록이 그 나이에도 피와 살이 반란을 일으킬 정도의 성적 욕망을 가진 것이라며 조롱한다.

것 이상으로 다르지. 헌데, 혹시 안토니오가 바다에서 손해를 입

었다는 소문 못 들었소?

샤일록 딸년의 배반에 이어 내가 또 손해 보는 장사를 하고 말았소. 그잔

거덜 나고 말았소. 그렇게 흥청망청 써대더니. 리알토에 감히 고

개도 내밀지 못하오. 지금까지 그렇게 거드름 피우며 시장바닥에

나타나곤 하더니만 거지가 됐소. 그자에게 차용증서를 살펴보라

하시오. 날더러 고리대금업자라고 불렀겠다. 차용증서를 살펴보

라 하시오. 그잔 기독교인의 친절이랍시고 무이자로 돈을 빌려주

었겠다. 차용증서를 살펴보라 하시오.

살레리오 약정 조건을 어긴다 해서, 설마 그 사람 살을 떼어내진 않겠지.

그래봤자 무슨 소용이 있겠소?

샤일록 그걸로 물고길 낚으면 되오. ─그 어떤 것의 먹이도 되진 못하겠

지만, 내 복수심의 먹이는 될 수 있소. 그자는 날 모욕하고 내 벌

이를 50만 더컷이나 방해했고, 내가 손해를 보면 웃고, 이익을 보

면 조롱했고, 내 민족을 멸시했고 내 거래를 훼방 놓았고, 내 친

구들 사이를 갈라놓았고 내 적들을 분노로 들끓게 했소. 그런데

그 이유가 뭔지 아시오? 내가 유대인이기 때문이오. 유대인은 눈

이 없소? 손이 없소? 오장육부와 사지가 없소? 감각, 애정, 열정

이 없소? 우리도 기독교인들과 같은 음식을 먹고, 같은 흉기에 다

치고, 같은 병에 걸리고, 같은 치료로 낫고, 겨울과 여름으로 추

워하고 더워하는 것도 같은데 뭐가 다르다는 것이오? 당신들이

우릴 찌르면 우린 피도 안 나오오? 당신들이 간지럽 태워도 우린

웃지 않소? 당신들이 우리에게 독약을 먹이면 우린 죽지 않소?

그리고 우리가 당신들로부터 모욕을 당하면 우리라고 복수하지 60
못할 것 같소? 여러 다른 면에서 당신들과 같다면, 그 일에서도
우린 당신들 흉내를 낼 것이오. 만약 유대인이 기독교인을 모욕
했다면 겸손하다는 기독교인이 어떻게 할 것 같소? 복수요. 기독
교인이 유대인을 모욕한다면, 참는 것이라면 이력이 난 유대인이
지만 기독교인의 본보기를 따라 어떻게 해야 하겠소? 그야, 복수 65
아니겠소! 당신들이 가르쳐준 비열한 짓을 실행하는 것일 뿐이오.
그리고 어려운 일이긴 하지만 배운 것 이상으로 잘 해낼 것이오.

안토니오가 보낸 하인 등장

하인 나리들, 제 주인 어른이신 안토니오 나리께서 댁에 계시는데, 두
분께 드릴 말씀이 있다 합니다.
살레리오 우리들도 사방으로 자네 주인을 찾아 다녔어. 70

투발 등장

솔라니오 저기 유대인 한 놈이 더 오는군. 세 번째로 누가 오든 그자는
저 두 놈에게 당하지 못하지. 악마 자신이 유대인으로 둔갑해서
나오면 모르겠네만.

솔라니오, 살레리오, 안토니오의 하인과 함께 퇴장

샤일록 투발, 어쩐 일인가? 제노바에서 무슨 소식이라도? 내 딸년을 찾
았는가? 75

투발 자네 딸이 있다고 소문 난 곳에 여러 번 가보았네만, 찾을 수가 없었네.

샤일록 뭐라, 거기, 거기, 거기, 거기에도! 다이아몬드가 사라졌는데, 그건 프랑크푸르트에서 2천 더컷이나 주고 산걸세. 지금까지 우리 민족이 저주받은 민족이라고 느껴본 적이 없었는데 지금 이렇게 뼈저리게 느낀다네. 2천 더컷짜리 다이아몬드에다 다른 귀한, 정말 귀한 보석들까지 없어졌네. 보석을 귀에 단 채로라면 내 딸년이 내 발치에서 뒈져 죽어도 좋아! 그 년이 훔친 돈을 관 속에 넣어 두기만하면 그년이 내 발치에서 죽어도 좋고말고! 두 연놈들은 아무 소식이 없다고? 왜지? 그년 찾는답시고 돈을 얼마나 썼는데. 엎친 데 덮친 격이야! 도둑년이 큰돈을 훔쳐갔고, 그 도둑년 찾느라 또 큰돈을 써야 하다니. 그러고도 만족할 만한 아무런 성과도 없고, 복수도 못하고 있네. 이 어깨에 떨어지는 것은 불운밖에 없고, 숨 쉬는 것이라곤 한숨밖에 없고, 흘리는 것이라곤 눈물밖에 없다네.

투발 그렇지 않다네. 불행은 다른 사람들에게도 닥치고 있네. 내가 제노바에서 들은 바로는, 안토니오가—

샤일록 뭐, 뭐, 뭐라고? 불행, 불행이라고?

투발 트리폴리에서 돌아오던 그의 상선이 난파당했다고 하네.

샤일록 신이시여, 감사드리옵니다. 정말 감사합니다. 그게 사실인가? 사실이냐고?

투발 조난에서 살아난 선원 몇 사람들에게서 들은 이야기라네.

샤일록 사랑하는 투발, 자네에게 고맙네. 희소식, 희소식이야! 하, 하! 제노바에서 들었다고?

투발 자네 딸이 제노바에서 하루 저녁에 80더컷을 썼다고 들었네. 100

샤일록 자네가 이 가슴에 비수를 꽂는군. 금화가 다 날아가 버렸구나. 한 번 앉은 자리에서 80더컷을! 80더컷을!

투발 베니스로 오는 길에 안토니오에게 돈을 빌려준 사람들 몇 명과 동행했었는데, 모두들 안토니오가 파산할 수밖에 없을 거라 장담 했네. 105

샤일록 듣자하니 그것 참 기쁜 소식이군. 그자를 괴롭히고 말걸세. 그자를 고문할 걸세. 기쁜 소식이고말고.

투발 그 채권자들 중 한 사람이 내게 반지를 보여주더군. 원숭이 한 마리를 주고 자네 딸에게서 받았다고 했네.

샤일록 망할 년! 투발, 자네 말이 날 고문하는군. 그 반지는 결혼 전 죽은 110 마누라 레아가 내게 준 터키석 반지일세. 그 반진 황야를 덮을 만큼 원숭이를 떼로 준다 해도 절대 바꿀 수 없는 물건이란 말이네.

투발 하지만 안토니오가 파산한 게 분명하네.

샤일록 그래, 그건 그렇지. 분명한 사실이고말고. 투발, 가게나. 가서 내게 관리 한 사람을 고용해주게. 안토니오의 만기일 보름 전까지 115 구해놓게. 계약을 위반만 해봐라, 그럼 그자의 심장을 떼어내고 말테다. 그자만 베니스에서 없어지면 내 마음대로 장사를 할 수 있네. 가게, 투발. 회당에서 보세. 가보게, 어진 투발. 회당에서 보세, 투발.

모두 퇴장

2장

밧사니오, 포샤, 그라시아노, 네리사가 일행과 함께 등장

포샤 제발 서둘지 말아 주세요. 하루 이틀 쉬신 다음
제비뽑기 모험에 임하세요. 잘못 선택하시면
이별해야 되잖아요. 그러니 조금만 기다리세요.
아직 사랑은 아니지만 제 마음 속 무언가가

5 당신을 잃고 싶지 않다고 말하고 있어요. 당신도 잘 아시겠지만,
미움은 이런 식의 충고를 하진 않잖아요.
혹 제 뜻을 잘못 이해하실까봐 말씀드리는데 −
아직 처녀라서 생각을 말로 잘 표현하지 못하거든요−
저를 차지하기 위해 모험하시기 전 한 달이든 두 달이든

10 당신을 제 곁에 붙잡아 두고 싶어요. 올바른 선택법을
가르쳐드릴 수는 있지만, 그러면 맹세를 깨트리는 것이 되니
절대로 그럴 수는 없어요. 그럼 당신이 절 잃을 수도 있는 데도요.
허나 그리 된다면, 전 차라리 당신이 제게 맹세를 깨트리는
죄를 짓게 했더라면 하고 바랄 거예요. 당신 눈이 잘못이에요.

15 그게 저를 사로잡아서 제 마음을 갈라놓았거든요.
제 반쪽은 당신 것, 나머지 반쪽도 당신 것이죠−
제 자신의 것이라 말하고 싶지만, 제 것이라면, 당신 것이니까,
모두 다 당신 것이에요. 아, 이 몹쓸 세상은

주인과 소유권 사이에 장애물을 쳐놓네요!

그러니 당신 것이라도 당신 것이 아니네요. 그렇게 된다 해도,   20

제가 아니라 운명의 여신이나 벌 받고 지옥에 가라고 해요.

말이 너무 길어졌지만, 이렇게 길게 말을 늘어놓는 것은

당신의 선택을 지연시키고 싶은 마음에 시간을 끌고,

또 시간의 길이를 늘여 뜨려 시간 가는 걸 방해하기 위해서죠.

밧사니오   선택하게 해주십시오.

지금 이대로는 고문대 위에 오른 것 같습니다.   25

포샤   밧사니오! 고문대 위라니요? 그럼 고백하세요.[55]

당신의 사랑에 어떤 대역죄가 뒤섞여 있는지.

밧사니오   없습니다. 내 사랑을 차지하는 기쁨을 누리지 못할까봐

노심초사하는 못난 죄가 있을 뿐.

눈(雪)과 불 사이에 우정과 생명이 뒤섞여 있으면 있었지,   30

내 사랑이 죄와 뒤엉켜 있을 수는 없습니다.

포샤   그래요, 하지만 고문대 위에서 말씀하시는 것은 걱정돼요.

거기선 강압에 못 이겨 아무거나 다 말하게 되잖아요.

밧사니오   목숨을 보장해주면 진실을 고백하리라.

포샤   그렇다면 고백하고 목숨을 건지리라.   35

밧사니오   고백하고 사랑하리라.

이게 내 고백의 전부였습니다.

---

55. 고문대 위에 있는 것 같이 괴롭다는 밧사니오의 말을 듣고 포샤는 밧사니오의 상
    황을 죄인이 고문대 위에서 고백하는 장면으로 빗대어 밧사니오의 사랑 고백을 이
    끌어낸다.

고문자 자신이 구원의 답을 가르쳐주다니,

아, 참으로 행복한 고문이여라!

그래도 운명을 시험할 상자들에게로 안내해 주십시오.

40 **포샤** 그럼, 저쪽으로 가시지요! 상자 하나에 제가 들어 있어요.

절 정말 사랑하신다면, 저를 꼭 찾아내실 거예요.

네리사, 그리고 모두 물러서라.

이 분이 선택을 하시는 동안 음악을 연주해라.

실패하셔도, 백조의 최후처럼[56]

45 음악 속에 사라지시도록. 더 적절히 비유하면,

이 분 위해 내 눈은 흐르는 강물이 되고

눈물 젖은 임종의 침상이 되리라. 성공하신다면,

음악은 무슨 역할을 할까? 그땐 음악이

새로 왕관을 쓴 왕에게 충성스러운 백성들이

50 고개를 조아릴 때 울려 퍼지는 화려한 나팔 연주가 되지.

그러한 음악 소리는 새벽녘에 연주되는 달콤한 가락처럼

잠들어 꿈꾸는 신랑 귓속에 스며들어

그를 결혼식장으로 불러낼 거야. 이제, 이 분이 나가신다.

늠름한 자태는 울부짖는 트로이 사람들이

55 바다괴물에게 바친 처녀 제물 헤시오네 공주를 구원한

젊은 헤라클레스[57]에 못지않지만, 그보다 훨씬 더 많은 사랑

---

56. "백조처럼 죽기 전에 노래한다"는 영국 속담이 있다.

57. 원문에는 헤라클레스(Heracules)의 다른 이름인 'Alcides'로 쓰여 있지만, 잘 알려 진 헤라클레스로 바꾸어 번역했다. 헤라클레스는 바다의 신 넵튠이 가한 벌로 바

을 해주실 분이. 내가 바로 그 처녀 제물이며,

물러나 있는 나머지 사람들은 눈물 젖은 얼굴로

헤라클레스의 모험이 어떤 결과를 가져왔는지 보러 나온

트로이의 여인들이다. 가세요, 헤라클레스! 60

당신이 살아야, 제가 살아요. 전투를 벌이는 당신보다

그걸 지켜보는 제가 훨씬, 훨씬 더 떨려요.

　　　　　포샤의 일행 중 악사들이 음악을 연주한다.
밧사니오가 상자들 앞에 서서 혼자 말하는 동안 노래 한 소절이 흘러나온다.

　　　　말해줘. 사랑의 바람이 어디에서 왔는지.

　　　　가슴 속일까, 머릿속일까?

　　　　어떻게 생겨나고, 어떻게 자랐을까? 65

모두　　대답해줘, 대답해줘.

　　　　그건 눈에서 태어나

　　　　눈빛 먹고 자라다가,

　　　　태어난 요람에서 시들지.

　　　　사라진 사랑의 바람을 위해 조종을 울리자. 70

　　　　내 선창 따라 울려라. 딩, 동, 벨.

모두　딩, 동, 벨

밧사니오　그래, 겉모습이 그 속과 완전히 다를 수 있다 —

다에 제물로 바쳐진 트로이 공주 헤시오네(Hesione)를 구했다. 원문에는 헤시오네
공주임이 밝혀져 있지 않았으나 오비드의 『변신』에 나온 대로 헤시오네 공주의 이
름을 넣어 번역했다.

세상 사람들은 언제나 겉치레에 속는다.

75 법정에서는 아무리 더럽고 부패한 소송이라도
우아한 말재주라는 양념을 치게 되면,
그 사악한 겉모습이 가려지지 않는가? 교회에서도
목자가 그 어떤 저주받을 과오라도 근엄한 표정으로
축복하고 성경구절을 빌려 인정하면

80 그 추함이 아름다운 장식으로 덮이지 않는가?
미덕의 표시로 곁 표면을 가장하지 않는
진정으로 소박한 목소리[58]는 없는 법.
얼마나 많은 겁쟁이들이 사상누각처럼
완전히 헛된 마음을 가지면서도 헤라클레스나

85 험상궂은 마르스[59]의 턱수염을 달고 허세를 부리던가?
그런 자들의 속을 들여다보면, 우유처럼 희멀건 간을 지닌
비겁한 자들이면서도 자신들을 무섭게 보이게 하려고
용감한 척 수염을 달고 다니는 것뿐이다. 미인을 보자.
그 아름다움도 얼굴에 바른 화장품의 무게로 얻은 것으로,

90 그 무게로 인해 타고난 얼굴이 바뀌는 기적은 일어나지만,
화장을 짙게 하는 여자일수록 경박한 여자로 여겨진다.
또, 뱀처럼 구불구불한 금발 머리도 마찬가지.

---

58. 목소리(voice): 내면의 생각을 표출하는 수단으로서의 목소리를 말하는데, 여기서
밧사니오는 노래 소리를 언급하고 있다고도 볼 수 있다. 리버사이드(Riverside) 편
집본을 비롯한 여러 판본들은 제2이절판을 따라 'vice'로 적고 있으나 여기서는
'voice'로 적은 아든(Arden) 편집본을 따랐다.
59. 마르스(Mars): 로마 신화에서 전쟁의 신

자칭 미녀라는 여자의 머리 위에 올라 앉아

바람 따라 음탕한 춤을 추어 대지만

알고 보면 그건 종종 다른 사람의 유품. 95

그 머리카락을 키웠던 머리는 해골이 되어 무덤 속에 누워 있으니까.

그래서 꾸밈이란 극도로 위험한 바다로 유혹하는

금빛 번쩍이는 해안일 뿐이자, 인도의 검은 미인을

감싸고 있는 아름다운 베일. 한 마디로, 최고의 현자조차

덫에 빠뜨리려고 약삭빠른 이 세상이 입혀준 100

그럴싸한 진실의 옷이다. 그러니 그대 번쩍이는 금이여,

마이다스 왕[60]의 단단한 음식인 널 선택하지 않겠다.

사람과 사람 사이를 오가는 창백한 하인 모양인

그대도 선택하지 않겠다. 하지만 그대, 변변찮은 납,

그대는 아무 기약도 하지 않은 채 위협만 하고 있지만, 105

웅변보다 그 수수함이 나를 더 감동시킨다.

그래 너를 선택하겠다. 기쁨이 뒤따르기를!

포샤 [방백] 미심쩍었던 의심, 경솔하게 품었던 절망감,

떨리는 두려움, 녹색 눈의 질투와 같은

이 온갖 감정들이 허공으로 사라져 버리는구나! 110

아, 사랑이여, 절제하라. 그대의 황홀감을 진정시켜라.

기쁨의 비를 적당히 뿌려, 이 넘치는 기쁨을 자제시켜다오!

그대의 축복이 넘쳐 나니 그만 줄여다오.

---

60. 마이다스 왕(Midas): 그리스 신화에서 바커스 신에게 손에 닿는 모든 것을 금으로
   변하게 해달라고 요청했던 프리기아의 왕

포식하여 물리게 될까 걱정된다.

밧사니오 [납 상자를 연다.]　　　　　　　　　이 안에 있는 게 뭘까?

115　　아름다운 포샤의 초상화로구나! 신의 솜씨가 아니고서야

어쩜 이렇게 실물과 똑같이 그렸을 수가?

눈이 움직이는 것인가? 아니면 내 눈동자 위에 비쳐서

움직이는 것처럼 보이는 것인가? 여기 살짝 열린 입술에서

달콤한 숨결이 새어나온다. 그 숨결이 얼마나 달콤하면

120　　이렇듯 정다운 두 입술을 갈라놓았을까?

이 머리칼은 화가가 거미가 되어, 짜놓은 황금 그물.

거미줄에 걸려드는 벌레를 잡을 때보다 더 단단하게

남자들의 마음을 사로잡는구나. 하지만 이 눈! ―

화가가 이 눈을 그리며 어찌 바라보았을까?

125　　한쪽 눈을 그리고 나면, 그려낸 눈의 황홀함에 화가의 두 눈이 감겨

나머지 눈을 그리지 못했을 터인데. 그러나 봐라.

내가 아무리 칭찬한다 해도 '이 그림의 진가를

다 표현해 낼 수는 없다. 이런 그림이지만 실물에는 훨씬 뒤처져

실물 뒤를 절뚝거리며 따라온다. 여기 두루마리가 있다.

130　　내 행운의 내용을 축약한 것이리.

[읽는다.]

"겉모습만으로 선택하지 않은 그대

운도 좋았고 참 된 마음으로 선택도 했다.

이 행운이 그대에게 떨어졌으니,

만족하고 새 것을 찾지 마라.

그대가 이 결과에 진정 기뻐하고,   135

그대의 행운을 축복으로 여긴다면,

몸을 돌려 그대의 여인이 있는 곳으로 가서,

사랑의 입맞춤으로 그녀를 차지하라."

친절한 두루마리구나. 아름다운 아가씨, 허락해주십시오.

이 글귀의 지시에 따라 드리고 또 받으려고 다가갑니다. [포샤에게

　입맞춤한다.]   140

경연대회에서 상을 놓고 겨루는 두 사람 중 한 사람과 같이,

관중의 박수갈채와 함성을 듣고서

그 앞에선 이겼다고 생각하면서도,

정신이 혼미한 상태에서, 박수와 함성이 자신에게 보내는

칭찬의 소리인지 아닌지 의심하며 아직도 멍하니 바라볼 뿐입니다.   145

세 겹으로 아름다운 아가씨, 바로 그 모양으로 이렇게 서있지만

제가 눈앞에서 보고 있는 것이 사실인지 아닌지 알 수 없습니다.

그대가 확인해주고, 서명해주고, 인준해줄 때까지는 그러할 것입니다.

[포샤가 그에게 입맞춤한다.]

포샤　밧사니오 경, 저는 당신이 보시다시피 여기 서 있는

그 모습 그대로예요. 제 자신만을 위해서라면,   150

제가 더 나은 사람이 되었으면 좋겠다는 야심을 갖지 않았을 거예요.

그러나 당신을 위해서라면, 현재의 저보다 스무 배의 세 곱절이나

　나아지고 싶고,

천 배나 더 아름답고, 만 배나 더 부자가 되고 싶어요.

오직 당신의 계산에서 높게 평가받기 위해서만

미덕, 아름다움, 재산, 친구 각 항목에서 계산할 수 없을 정도로

넘치게 뛰어나고 싶어요. 허나 제 총액은

어느 정도 밖에 안 된답니다. 다 합쳐 계산해 보아도,

저는 교양 없고, 배우지 못했을 뿐 아니라 세상물정도 모르는 여자

예요.

하지만 다행스럽게도 배울 수 없을 만큼

나이를 그렇게 많이 먹지는 않았어요. 이 보다 더욱 다행인 것은,

천성이 그리 아둔하지 않아서 배울 능력이 있다는 것이지요.

더 더욱 다행스러운 일은 심성이 온순하여,

마치 당신이 저의 주인, 지배자, 왕이신 것처럼

제 자신을 당신에게 완전히 맡기고 당신에게 순종할 수 있다는 점

이지요.

이제 제 자신과 제 소유물은 양도되어

당신과 당신 것이 되었어요. 조금 전까지만 해도

저는 아름다운 이 저택의 주인이었고, 하인들의 주인이었으며,

제 자신의 여왕이었지요. 하지만 이제부터는, 지금 이 순간,

이 집과 하인들 그리고 변함없는 제 자신인 이 몸까지도

당신 것 ─ 제 주인님의 것! ─ 이 되었어요.

당신께 반지와 함께 이 모든 것을 드리겠어요. [그에게 반지를 건넨다.]

당신이 이걸 빼거나 잃어버리거나 혹 남에게 주어버린다면,

그것은 당신 사랑이 식었다는 징조이니,

제가 당신을 책망할 수 있는 유리한 위치에 서게 될 거예요.

밧사니오 아가씨께서 말이란 말은 다 빼앗아 가셨습니다.

오직 이 혈관을 타고 흐르는 피[61]로만 제 생각을 전달할 뿐입니다.

게다가 제 몸의 여러 기능에 혼란이 생겼나 봅니다.

마치 백성의 사랑을 한 몸에 받은 왕이 훌륭한 연설을 마치자,

백성들이 기뻐서 웅성웅성 할 때처럼 혼란스럽습니다.

그런 혼돈 속에서는 백성 각자가 내뱉는 말들이 한데 뒤엉켜,   180

아무것도 아닌 소음으로 변하죠. 그들이 느끼는 기쁨은

표현되었든 아니든 전달이 되겠지만요.

어쨌든 이 반지가 이 손가락에서 빠져나간다면,

이어서 제 생명도 빠져나갈 것입니다.

아, 그때는 '밧사니오가 죽었다'고 감히 말해도 좋습니다!   185

네리사 나리와 아가씨, 지금껏 소망이 이루어지는 걸

그저 구경만 했지만 이제는 소원이 이뤄지셨으니

축하 말씀 한 마디 올리겠습니다. '두 분께 기쁨이 함께 하시길!'

그라시아노 밧사니오 경, 그리고 고귀한 아가씨,

두 분께서 누리실 수 있는 기쁨을 다 누리시길 기원합니다.   190

더 이상의 축하 말씀은 해드리지 않아도 되겠지요.

실은 간청드릴 게 있습니다.

두 분께서 사랑의 서약을 맺고 엄숙한 결혼식을 올릴 때,

저 또한 결혼할 수 있도록 허락해 주십시오.

밧사니오 자네가 아내 될 사람을 구할 수만 있다면야, 진심으로 그리하겠네.   195

그라시아노 고맙네, 밧사니오 경. 자네 덕분에 한 사람을 구했다네.

---

61. 피(blood): 밧사니오의 귀족 혈통과 혈기왕성한 밧사니오의 성적 열정이라는 두 가
    지 뜻을 지닌다.

밧사니오 경, 내 눈도 자네 눈만큼이나 민첩한 편이지.

자네가 저 주인 아가씨를 보는 동안, 나는 저 시녀에게 눈길을 주

었다네.

자네가 사랑할 때 나도 사랑했네. 밧사니오 경, 막간의 시간은

200   자네에게 뿐만 아니라 내게도 있었던 거지.

자네의 행운이 저 상자들에 달려있었듯이,

내 행운도 그 일에 달려있었다네.

이곳에서 나도 땀범벅이 될 때까지 구애했고,

입천장이 바짝 마를 정도로 진땀 빼며 사랑의 맹세를 늘어놓았다네.

205   그리하여 마침내 여기 있는 이 아름다운 여인으로부터

사랑의 약속을 받아냈다네. 이 약속이 지켜진다면 말이네만.

단 자네가 운 좋게도 이 사람의

주인 아가씨를 차지한다는 조건으로 —

포샤   그게 사실이야, 네리사?

네리사 맞아요, 아가씨. 흡족한 마음으로 허락해 주시면요.

210 **밧사니오** 그라시아노, 자네도 진심이지?

그라시아노 물론이네. 밧사니오 경.

밧사니오 두 사람의 결혼으로 우리 잔치가 더욱 빛날 것이네.

그라시아노 자 우리 누가 먼저 첫 아들을 보는지 1천 더컷을 두고

내기해볼까?

215 **네리사** 어머, 돈을 걸고 내기해요?

그라시아노 아냐. 이 놀이와 돈 내기[62]에서 우린 아마 절대 이기지 못할

---

62. 원문의 'sport'는 '게임'의 뜻과 결혼 후 '성관계'라는 두 가지 의미가 있어 두 의

거야.

로렌조, 제시카, 살레리오(베니스에서 온 전령으로) 등장

저기 누구지? 로렌조와 이교도 애인 아닌가?

뭐야, 베니스의 옛 친구 살레리오도?

밧사니오 로렌조, 살레리오, 잘 왔네.   220

이 집의 주인이 된지 얼마 안 되서

자네들을 환영할만한 힘을 가지고 있는지 모르겠지만.

사랑하는 포샤, 당신만 허락한다면,

내 친구들과 고향 사람들을 환영하고 싶소.

포샤   서방님, 저도

저분들을 진심으로 환영해요.   225

로렌조 밧사니오 경, 고맙네. 내 입장을 말하자면,

이곳에서 자네를 만날 생각이 없었는데,

오는 길에 우연히 살레리오를 만났다네.

하도 같이 가자고 간청해

거절할 수도 없고 해서 이렇게 온 것이네.

살레리오   그랬네. 밧사니오 경.   230

그럴만한 이유가 있었네. 안토니오 씨가

자네에게 안부를 전하라고 했네.   [밧사니오에게 편지를 건넨다.]

밧사니오   편지를 읽어보겠지만 어서

미를 모두 살려 번역했다.

내 절친한 친구의 근황을 먼저 말해주게.

살레리오 경, 아픈 것은 아니라네. 마음속이야 그렇지만.

235 　마음이 편치 않으니 편안하다고 할 수는 없지. 이 편지에

근황이 적혀 있을 걸세. [밧사니오가 편지를 열어 본다.]

그라시아노 네리사, 저 낯선 손님을[63] 반갑게 맞아 환영해주시오.

살레리오, 악수하세. 베니스에 무슨 새로운 소식이라도 있는 건가?

거상 안토니오 씨께선 어떻게 지내나?

240 　우리 두 사람의 성공 소식을 아시면 기뻐할 텐데.

우린 모두 이아손처럼 황금 양털을 얻었으니까.

살레리오 자네들이 얻은 것이 그분이 잃은 양털이라면 좋겠네.

포샤 밧사니오 서방님의 안색이 창백해지는 걸 보니 ㅡ

저 편지에 뭔가 불길한 내용이 있는가 보다.

245 　소중한 친구가 죽은 것이 아니라면,

침착하고 꿋꿋한 남자의 기분이

저렇게 싹 바뀔 수는 없어. 어머, 점점 더 나빠지잖아!

밧사니오 서방님, 저는 당신의 반쪽이에요.

그러니 그 편지가 당신에게 전달한 게 무엇이든

그 반쪽에 대해서 제가 숨김없이 알아야겠어요.

250 **밧사니오** 　　　　　　　　　아, 사랑하는 포샤,

지금껏 종이 위에 쓰인 글자 중

이처럼 괴로운 단어들을 본 적이 거의 없소!

처음 고귀한 당신에게 사랑을 전했을 때,

---

63. 저 낯선 손님(yond stranger): 제시카

내가 가진 전 재산은 내 혈관을 흐르는 피뿐이라고,

내가 귀족 혈통이라는 것뿐이라고 솔직하게 말했었소. 255

그 말은 사실이오. 그런데, 소중한 부인, 알게 되겠지만

스스로를 무일푼으로 설명할 때 난 허풍을 떤 것이었소.

내 재산이 아무 것도 없다고 말했을 때,

난 무일푼보다 더 나쁜 상황에

처했다는 것을 당신에게 말했어야 했소. 260

실은 경비를 충당하기 위해 사랑하는 친구에게 빚을 냈는데,

그 친구가 나를 위해 철천지원수한테

차용증서를 써주었던 것이오. 부인, 이 편지를 봐요.

이 편지는 내 친구의 육신,

그 안의 글자 하나하나는 입 벌려 생명의 피를 토해내는 265

상처자국이라오.[64] 허나 이게 사실인가, 살레리오?

안토니오의 투자가 모두 실패했다는 말이? 트리폴리, 멕시코, 영국,

리스본, 바바리, 인도에서 오는 배들 중에서

그래 단 한 척도 건지지 못했는가?

단 한 척도 상인들을 파멸로 몰아넣곤 하는 270

무서운 암초의 손아귀를 벗어나지 못했단 말인가?

살레리오   그렇다네, 밧사니오 경.

더군다나 유대인에게 갚아야 할

현금을 가지고 있다고 한들 그 유대인이 그걸

---

64. 잉크로 얼룩진 종이와 피 흘릴 안토니오의 몸을 비유한 것으로 예수 그리스도의
   피 흘리는 몸을 상기시켜 종교적 희생의 의미를 담고 있다.

받을 것 같지도 않아 보이네. 인간의 탈을 쓰고서
275   그처럼 잔인하고 욕심 사납게 사람을 파멸시키려
하는 자를 일찍이 본 적이 없네.
그자는 밤낮으로 공작 각하를 졸라대며
자신을 위해 재판을 열어주지 않는다면
베니스를 자유가 없는 나라로 불신하겠노라고 한다네.
280   스무 명의 상인들과, 공작 각하 자신은 물론
고위관리들까지 나서서 설득해 보았지만,
아무도 계약위반에 대한 벌금과, 재판 및 그 차용증서에 대한
악의에 찬 그자의 주장을 포기시킬 수는 없었네.
제시카 집에 있었을 때 들었는데, 아버진 고향 친구
285   투발과 추스 아저씨께 단언하셨어요.
안토니오 씨께서 아버지께 꾸어간
돈의 스무 곱절을 준다 해도
안토니오 씨의 살을 떼어 갖겠다고요. 밧사니오 경,
제가 아는 바로는 만약 법률이나 권력이나 힘으로 막지 못한다면,
290   불쌍한 안토니오 씨께서 큰 곤욕을 당하실 것 같아요.
포샤 이렇게 곤경에 빠진 분이 당신의 소중한 친구란 말씀이에요?
밧사니오 내게 가장 소중한 친구요, 가장 친절한 사람이자,
세상에서 가장 온화한 성품의 소유자로서 지칠 줄 모르고
선행을 베푸는 사람이라오. 이탈리아 천지
295   어느 누구에게도 뒤지지 않는 옛 로마인의 덕목을
구현하는 인물이라오.

포샤   그분이 유대인에게 진 빚이 얼마나 되나요?

밧사니오   나를 위해 3천 더컷을.

포샤   뭐에요, 그게 전부란 말이에요?

6천 더컷을 지불하고 차용계약서를 말소시키세요.

6천 더컷의 두 배, 아니 세 배를 드려서라도,   300

방금 말씀하신 바와 같은 훌륭한 분이

밧사니오 당신의 잘못 때문에 머리카락 한 올이라도 잃어서는 안

    되지요.

우선 저와 함께 교회에 가셔서 저를 아내로 불러주세요.

그러고 나서 베니스의 친구에게로 떠나세요.

불안한 마음으로 포샤 옆에 누워 계시게 할 수는 없어요.   305

그 사소한 빚을 갚기 위해서라면

그 스무 배가 넘는 금화를 가져가셔도 되시구요.

빚을 청산하고 나면, 그 진실한 친구를 모셔 오세요.

제 시녀 네리사와 저는 그동안

처녀와 과부처럼 살겠어요. 어서 가시지요!   310

결혼식이 끝난 직후 떠나셔야 하니까요.

친구 분들을 환영해주시고, 명랑한 얼굴 표정을 지으세요. −

값비싸게 얻었으니, 값비싼 소중한 사랑을 드리겠어요.

그래도 여하튼 그 편지를 읽어주세요.

밧사니오   [읽는다.] '사랑하는 밧사니오, 내 배가 모두 난파되었고, 빚쟁이 315

들의 몰인정은 점점 더해만 가고, 내 마음도 심하게 가라앉았네.

유대인에게 써 준 차용증서의 계약을 지킬 수 없게 되었고, 차용

증서대로 위약금을 지불하게 되면 살아날 가망이 없네. 죽을 때
자네를 볼 수만 있다면 그것으로 자네와 나 사이의 모든 부채는
청산되는 셈이네. 그렇지만 자네 좋을 대로 하게. 사랑의 힘이 자
네를 설득해서 내게 오는 것이라면 모르겠네만 내 편지 때문에
오지는 말게.'

포샤   아, 사랑하는 서방님! 만사를 제쳐놓고 어서 가세요.

밧사니오 가보라는 당신의 친절한 허락을 얻었으니
서두르겠소. 허나 돌아오기 전까지 나는
어떤 잠자리에서든 죄를 짓지 않을 것이며,
우리 둘 사이에 잠의 휴식 또한 끼어들지 않게 하리다.

모두 퇴장

3장

샤일록, 솔라니오, 안토니오, 간수 등장

샤일록 간수, 이 사람을 잘 지켜. 자비심 이야긴 꺼내지도 말고.

이 자는 공짜로 돈을 빌려준 얼간이야.

이봐 간수, 이 자를 잘 지켜야 해.

안토니오   샤일록 이 사람아, 내 말 좀 들어보게.

샤일록 차용증서대로 할 것입니다.

증서를 지키지 않겠다는 말이라면 더 이상 하지 마십시오.   5

증서대로 하겠다고 맹세를 했단 말입니다.

당신은 이유도 없이 날 개라고 불렀습니다.

그렇소, 난 개니까 내 이빨이나 조심하십시오.

공작 각하께서 나를 위해 재판을 열어줄 겁니다. 얼빠진 간수 놈이

이자가 청한다고 길거리로 데리고 나오는 미련한 짓을 했구나.   10

안토니오 제발 내 말 좀 들어보게.

샤일록 차용증서대로 할 것이고 당신 말은 듣지 않을 겁니다.

증서대로 하겠으니 그 얘긴 그만 하십시오.

고개를 끄덕이며, 누그러져, 한숨을 쉬다가,

기독교인 중재자들에게 굴복하는 나약하고 쉽게 속는   15

바보가 되지는 않을 것이란 말입니다. 따라오지 마십시오.

말하지 않을 테니까. 차용증서대로 할 것입니다.

퇴장

솔라니오 세상천지 사람에게

저처럼 몰인정한 개는 처음 보네.

안토니오   그냥 놔두게.

20   그자에게 간청해도 소용이 없으니 더 이상은 쫓아다니지 않겠네.

그자는 내 목숨을 노리고 있네. 그 이유를 잘 알고 있네.

그자에게 빚을 졌다가 갚지 못해 들볶여

내게 하소연하러 왔던 여러 사람들을 여러 번 구해주었거든.

그래서 날 싫어하는 거야.

솔라니오   공작 각하께서 절대로 위약금

25   지불을 허락하지 않을 거라 믿네.

안토니오 공작 각하시더라도 법의 집행을 거부할 수는 없네.

베니스에서는 외국인들도 우리와 똑같은

특권을 누릴 수 있는데, 그걸 부정하게 되면,

이 나라의 공정성이 불신을 받게 될 테니까 말일세.

30   우리 베니스의 무역과 사업은 여러 다른 나라들과의 관계를

바탕으로 이뤄지고 있기 때문이네. 그러니, 가세.

이 슬픔과 손실로 살이 많이 빠져서

내일 피에 굶주린 채권자에게 떼어 줄

살이 1파운드도 내게 남아 있을 것 같지 않네.

솔라니오 퇴장

자, 간수, 가자. 밧사니오가 와주길 신께 빌 뿐. ³⁵
내가 빚을 갚는 것을 밧사니오가 봐줄 수만 있다면, 그 이상 뭘 더
바라겠는가!

모두 퇴장

4장

포샤, 네리사, 로렌조, 제시카, 포샤의 하인 발사자 등장

로렌조 부인, 면전에서 이런 말을 드리는 것이 실례가 될 수도 있겠지만
말씀드리겠습니다. 부인께선 신성하기까지 한 우정에 대해
고상하고도 올바른 생각을 가지고 계십니다.
이렇게 부군의 부재를 견뎌내고 있으시다는 게 그 점을 가장 잘 드
러내지요.

5   그런데 부인께서 이 고귀한 마음가짐을 누구에게 표하고 계신지,
부인께서 도움의 손길을 뻗으신 상대 분이 얼마나 진실한지,
또 그분이 부군의 얼마나 소중한 친구인지를 아시게 된다면,
평소 행해 오셨던 다른 선행보다
이번 일을 더 자랑스럽게 생각하실 겁니다.

10   **포샤** 저는 선행을 후회한 적이 없어요.
이번 일도 결코 후회하지 않을 거예요.
사이좋은 친구들은 함께 모여 대화하고
시간을 보내며 다 같은 우정의 굴레로
영혼의 결속을 맺기 마련이죠. 그리되면

15   용모나, 태도나, 정신이 조화를 이뤄
서로 닮을 수밖에 없는 법이지요.
그러하니 안토니오라는 분이 제 주인 양반의 절친한 친구로서

제 주인과 비슷하실 수밖에 없다는 생각이 들어요.

그렇다면, 제 영혼인 남편과 흡사한 그분을

지옥 같은 끔찍한 역경에서 구해드리는데   20

제가 지불한 비용쯤은 그리 대단한 것이 아니지요.

이렇게 말하고 보니 제 자신을 너무 칭찬하는 것 같네요.

이제 그만 할게요. 참, 다른 할 이야기가 있어요.

로렌조, 제 남편이 돌아올 때까지

제 집안의 살림과 관리를   25

당신에게 맡기고 싶어요. 제 이야기를 드리자면,

여기 있는 네리사만 데리고

네리사의 남편과 제 주인 양반이 돌아올 때까지

기도와 명상의 삶을 살겠다고

하늘에 은밀히 맹세했어요.   30

여기서 두 마일 떨어진 곳에

위치한 수도원에서 머물 예정이에요.

그러니 이 부탁을 거절하지 마셨으면 좋겠어요.

당신을 믿고 또 어떤 피치 못할 사정이 있어

이런 부탁을 드리는 것이니까요.

로렌조   부인, 마땅하게 내리신 이 명에   35

진심을 다해 기꺼이 따르겠습니다.

포샤 제 하인들이 제 의중을 이미 알고 있으니

밧사니오 주인님과 저 대신

당신과 제시카를 주인으로 섬길 거예요.

40   다시 만날 때까지 안녕히 계세요.

로렌조 부디 좋은 생각과 행복한 시간을 가지시길!

제시카 흡족한 시간 보내시길 빌어요.

포샤 그렇게 빌어줘서 두 분께 감사드려요. 같은 기도를 두 분께
        돌려드려요. 잘 있어요. 제시카.

제시카와 로렌조 퇴장

45   자, 발사자,
                이제까지 해온 대로 앞으로도 계속
                정직하고 충직하게 일해 주면 좋겠구나.
                가지고 있는 힘을 다해 파두아로 서둘러 가서
                이 편지를 내 사촌오빠 벨라리오 박사님의
50   손에 꼭 전해 드려라. [발사자에게 편지를 건넨다.]
                그러면 박사님께서 네게 서류와 의복을 주실 거다.
                그걸 빠짐없이 챙겨서, 전속력을 다해
                선착장으로 와서, 베니스로 왕래하는 배를 찾아라.
                인사말은 안 해도 되니, 지체하지 말고,
55   어서 떠나거라. 나는 너보다 먼저 거기 가서 기다리고 있겠다.

발사자 아씨, 번개처럼 빨리 다녀오겠습니다.

퇴장

포샤 네리사, 가자. 네가 아직 모르는 일이 있어.
        우리가 남편들을 만나게 될 거야.

그분들은 상상도 못 한 일이지.

네리사　　　　　　　　　남편들이 우릴 만난다구요?

포샤　그럴 거야, 네리사. 하지만 우리가 이렇게 변장을 했으니　　　60
그분들은 우리가 여자들에게 없는 것을[65]
매달은 남자라고 생각할거야. 뭐든 걸고 내기해도 좋아.
우리가 젊은 청년 옷차림을 하면,
내가 너보다 더 미남으로 보일 걸.
단검을 차도 내가 더 씩씩하다는 걸 보란 듯이 우쭐댈 거고,　　　65
말할 때도 변성기 소년의 갈대 피리 소리를 낼 거고,
여자의 종종걸음도 사내다운 큰 걸음으로 바꿀 거야.
허풍떠는 청년 건달마냥 싸움 얘기도 하고,
그럴듯한 거짓말도 마구 늘어놓을 거야.
양가 규수들이 사랑을 호소해왔지만　　　70
거절했더니, 모두 상사병에 걸려 죽어버렸다.
나로선 어찌할 수 없는 일이었다. 지금은 후회하지만,
그래도 내가 죽인 것이 아니었길 바란다는 등등의 거짓말을 하는 거지.
이따위 시시한 거짓말들을 스무 개쯤 늘어놓아서,
사람들이 내가 학교를 그만둔 지 한 해가 지났다고　　　75
믿게 하는 거야. 허풍쟁이 녀석들이 쓰던
이와 같은 서툰 장난들을 천 개쯤은 알고 있거든.
그걸 써먹을 거야.

네리사　　　　　　　　　어머, 우리가 남자의 몸을 가지게 된다구요?[66]

---

65. 남성의 성기

포샤 에잇, 망측해. 그런 질문이 어디 있어.

음탕한 생각을 가진 사람이 옆에 있기라도 하면 어쩌려고.

아무튼 가자. 마차에 타고 나서

내 계획을 다 말해 줄게. 마차는

정원 문 앞에서 우릴 기다리고 있단다. 자 그러니 서둘러.

오늘 20마일은 족히 가야 하니까.

모두 퇴장

---

66. '남자의 몸을 갖다'('turn to men'): '남성으로 변신한다'는 뜻 외에 '성관계를 맺는다'는 뜻도 있다. 그래서 다음 대사에서 포샤가 이 네리사의 말에 대해 망측하다고 말한다.

5장[67]

광대 랜슬럿과 제시카 등장

랜슬럿 예, 그럼요. 그러니 명심하십쇼. 아버지의 죄는 자식들에게 떨어
진다니까요. 그래서 말씀드리자면, 전 아가씨가 걱정이 되는뎁쇼.
아가씨한테는 늘 툭 터놓고 다 말했습죠. 그래서 이 문제에 대한
제 불안한 마음을[68] 말씀드리는 것이니 기운내시구요. 제 생각이
지만 아가씬 정말 지옥에 갈 게 뻔하십쇼. 아가씨에게 도움이 될 ₅
희망이 딱 하나 있긴 한데, 그나마도 가능성 없는 사생아 같은[69]
희망에 불과하구먼요.

제시카 어떤 희망인지 말해줄래? 부탁이야.

랜슬럿 저 말이지요, 아가씨 아버지가 아가씨를 낳지 않으셨고, 그러니
까 아가씨가 유대인의 딸이 아닐 수 있다는 얄팍한 희망인뎁쇼. ₁₀

제시카 그건 정말 가능성 없는 사생아 같은 희망이구나. 그렇게 되면 내
어머니가 지은 죄를 내가 덮어써야 되는구나.

랜슬럿 그럼, 진짜루 아가씨는 아버지, 어머니 두 분 모두에 의해 지옥에
떨어지는 것입죠. 그러니 진퇴양난, 아버지라는 암초를 피하면,

---

67. 랜슬럿의 대사가 산문이므로 이 장도 원문과 번역문의 행수를 일치시키지 못했다.
68. 불안한 마음(agitation): '숙고 혹은 생각'이라는 뜻의 'cogitation'을 잘못 말한 것
으로 웃음을 자아낸다.
69. '가능성 없는 사생아 같은'(bastard): 'bastard'에 담긴 두 가지 뜻, '거의 가능성 없
는'과 '사생아'의 뜻을 모두 담아 번역했다.

어머니라는 소용돌이를 만나는 격인뎁쇼.[70] 음, 아가씬 어느 쪽으로 가든 어째든 망하시는구먼요.

제시카 남편 덕에 구원받게 될 거야. 그이가 날 기독교도로 만들어주었거든!

광대 그렇구먼요. 그러고 보니 진짜루 그분이 더 비난받으셔야 한뎁쇼. 전에도 기독교인들 숫자가 넘쳐나서 다 같이 의좋게 살기도 힘들 정도로 많았구먼요. 이렇게 기독교들을 자꾸 만들어내면 돼지고기 값만 올라가구요. 너도 나도 다 돼지고기를 먹게 되는 날엔, 얼마 안 가 아무리 돈을 많이 내도 베이컨 한 조각도 사지 못할 거란 말입죠.

로렌조 등장

제시카 랜슬럿, 네가 한 얘길 남편에게 일러야지. 마침 저기 오시는구나.

로렌조 랜슬럿, 이렇게 으슥한 곳으로 내 마누라를 데리고 가다니,[71] 머잖아 널 질투하게 되겠구나!

제시카 아니에요, 걱정하실 것 없어요. 랜슬럿과 제가 언쟁을 벌린 것이니까요. 녀석이 솔직하게 말해줬는데, 제가 유대인의 딸이라서 천국에서 구원받을 수 없다네요. 당신도 유대인을 기독교도로 개종시켜 돼지고기 값을 올린 장본인이니 이 나라의 훌륭한 시민이

---

70. 진퇴양난(Scylla and Charybdis): 스킬라 바위는 스킬래(Scylla) 섬 앞바다의 소용돌이인 카리브디스(Charybdis)와 마주 대하는 이탈리아 해안의 큰 바위. 스킬라 바위와 카리브디스 소용돌이 사이란 '진퇴양난'을 의미한다.
71. '으슥한 곳으로'('into corners'): 광대가 말로 제시카를 힘들게 한다는 뜻 이외에 '은밀한 만남이 있는 낯 뜨거운 상황으로 몰다'의 의미도 함축한다.

못 된다는 거예요.

로렌조 검둥이의 배를 부르게 한 너보다 내가 이 나라에 더 훌륭한 일을
한다고 답해주겠다. 무어[72] 처녀가 네 아이를 뱄다며, 랜슬럿!

랜슬럿 무어인 배가 상상을 초월하게 커졌다면, 큰일 났구먼요. 하지만
그 여자애가 정숙하지 않고 헤프다면, 정말이지 내가 생각했던 35
것 이상인 것이죠.

로렌조 누구든 광대들이란 저렇게 말을 잘 한다니까. 이러다가 곧 지혜
를 드러내는 최고의 방법은 침묵이 되고, 말 잘해 칭찬받는 건 앵
무새밖에 없게 되겠어. 이놈아, 들어가서 저녁식사 준비나 시켜!

랜슬럿 이미 준비가 끝났는덥쇼, 나리. 모두들 배가 곯아가는구먼요! 40

로렌조 아이고, 요놈 말장난 하는 꼴 좀 봐라! 저녁식사 준비나 시키라
니까.

랜슬럿 그 일도 끝냈는덥쇼. 나리. 명할 수 있는 말은 '식탁보를 깔아라'
뿐인덥쇼.

로렌조 그럼 네가 깔든지? 45

랜슬럿 안되는구먼요, 나리. 그럴 순 없는덥쇼. 전 제 본분을 알고 있는
놈이구먼요.

로렌조 아직도 기회만 나면 나불대다니! 한 번에 네 입담을 몽땅 다 보여
줄 요량이냐? 솔직한 사람이면 솔직하게 말해라. 부탁이다. 네 동
료들에게 가서 식탁보를 깔고, 고기를 내놓으라고 해. 그럼 우리 50
가 저녁 먹으러 가겠다.

랜슬럿 식탁에는요, 곧 음식을 올려놓겠고, 고기는요, 곧 뚜껑 덮은[73] 그

---

72. 무어인(the Moor): 아프리카 북서부에 살았던 이슬람 종족

룻에 넣어 오겠고, 저녁 먹으러 오시는 것은요, 그거야 나리 기분

내키고 생각나시는 대로 멋대로 하십쇼.

퇴장

로렌조 야, 기막힌 능력이야, 어찌 저렇게 딱 맞아떨어지는 말들만 골라

55 내지!**⁷⁴**

저 광대 머릿속엔 기막히게 좋은 말들이

어마어마하게 쌓여 있는 모양이야. 광대라면 많이 알고 있는데,

저 녀석보다 신분이 나은 광대도

저 녀석처럼 화려한 옷차림에 묘한 말재주는 부리지만

60 정작 내용은 저 녀석만 못하지. 제시카, 기분이 어때요?

여보, 이젠 당신 의견을 말해줘요.

밧사니오 경의 부인에 대해서 어떤 생각을 가지고 있는지요?

제시카 말로 표현할 수 없을 정도에요. 밧사니오 경께서는

이제는 올바른 생활을 하셔야 하는 게 마땅해요.

65 그렇게 훌륭한 아내를 얻는 축복을 얻으시고

지상에서 천국의 기쁨을 누리시고 계시니까요.

만약 지상에서 그 기쁨을 누릴 자격을 갖추지 못하신다면,

당연히 천당에 오를 수 없어야 해요!

---

73. '뚜껑 덮은'(covered): 앞의 말인 '식탁보를 깔다(cover)'에 대한 말장난이다.

74. 위 54행까지는 산문이며 여기서부터 시이다. 산문의 경우 원문과 행수를 맞출 수
없어서 시 부분의 번역문도 원문과 행수가 다르게 되었다. 원문에서는 이 부분이
65행이지만 여기서는 55행이다.

두 명의 신이 이곳 지상의 두 여인을 걸고

천국에서 내기를 걸었는데,   70

그 중 한 여인이 포샤라면, 다른 쪽의 여자에게는 무엇이든

더 걸어야만 할 걸요. 이 모자라고 무지한 세상에

포샤와 견줄만한 사람은 없으니까요.

로렌조   포샤가 그와 같은 아내이듯이,

나는 당신에게 그와 같은 남편이라오.

제시카 아이, 안돼요. 그것도 제 의견을 물으셔야죠.   75

로렌조 나중에. 먼저 저녁 식사나 하러 갑시다.

제시카 아이, 안돼요. 제가 하고 싶을 때[75] 당신을 칭찬하게 해주세요.

로렌조 아니, 그 얘긴 저녁 식사 화제로 남겨 둬요.

그때 당신이 무슨 말을 하든지 여러 음식보다도

그걸 먼저 소화시킬 테니까요.

제시카   그럼, 그때 당신을 추켜 세워드릴게요.   80

모두 **퇴장**

---

75. '의향이 있을 때'('I have a stomach'): '의향이 있을 때'의 뜻이지만, 맥락 상 저녁
    식사와 연결되어 '배고프다'는 의미도 포함되어 있는 말장난이다.

4막

1장

베니스 공작, 관리들, 안토니오, 밧사니오, 살레리오, 그라시아노, 그리고
여러 시종들 등장. 살레리오는 문 쪽에 서 있다.

공작 음, 안토니오는 출두했는가?

안토니오 대기하고 있습니다. 공작 각하.

공작 당신 일은 참 안 되었소. 자비심이라곤
눈곱만큼도 없고 동정심도 없을 뿐 아니라

5 돌처럼 냉정하고 비인간적인 놈을
상대해야 하게 되었으니.

안토니오 그자의 가혹한 요구를
누그러뜨리려고 공작 각하께서
노고가 크셨다고 들었습니다.
허나 그자가 워낙 고집불통인데다

10 어떤 합법적인 수단으로도 그자의 사악한 손아귀를
벗어날 길이 없습니다. 그래서 전 그저 그자의 분노에
인내로 맞서고 조용한 마음을 무기 삼아
그자의 횡포와 잔인무도함을 견뎌낼 각오를 하고 있습니다.

공작 누가 가서 유대인을 법정으로 들여보내라.

15 **살레리오** 문 앞에서 대기하고 있습니다. 저기 오고 있습니다. 공작 각하.

샤일록 등장

공작 비켜라. 저자를 내 앞에 세워라.

　　　　샤일록, 세상 사람들도 나도

　　　　네가 막이 내리는 마지막 순간까지

　　　　이런 식의 악역을 맡고 있다가,

　　　　마침내 놀랍도록 잔인한 이 역할을 벗어 던지고　　　　　　　20

　　　　더욱 놀라운 자비와 연민을 보여줄 것이라고 생각한다.

　　　　또 지금 너는 이 불쌍한 상인의 살 1파운드의

　　　　위약금을 무슨 일이 있어도 받겠다고 하지만,

　　　　실은 그 위약금을 탕감해 줄 뿐만 아니라,

　　　　인간적인 정과 사랑의 마음이 동한 나머지,　　　　　　　　　　25

　　　　원금의 일부마저 감해주려고 할 것이다.

　　　　최근 저 사람에게 떼로 덮친 큰 손실을

　　　　동정의 눈길로 바라보지 않을 수 없을 것이니.

　　　　그 손실로 거상의 높은 기상이 완전히 꺾여서,

　　　　놋쇠 같은 가슴과 부싯돌 같은 딱딱한 마음을 가진 자들은 물론, 　30

　　　　완고한 터키인들과 한 번도 부드러운 예법 교육을

　　　　받아본 적 없는 타타르 사람들[76]에게서도

　　　　저 상인의 딱한 처지에 동정하는 마음을 뽑아낼 수 있을 정도다.

　　　　우리 모두 너의 너그러운 답을 기대한다, 유대인!

샤일록 각하께 제 뜻을 이미 밝혔고,　　　　　　　　　　　　　　　35

　　　　우리 민족의 거룩한 안식일에 걸고 맹세했듯이

---

76. 타타르 사람들(Tartars): 중앙아시아지역 사람들을 지칭하는데, 셰익스피어 시대에
　　이들은 기독교인들에게 잔학한 이교도들로 여겨졌다.

증서대로 계약 위반에 따른 정당한 처벌을 받아내겠습니다.

각하께서 거부하시면, 이 도시의 헌법은 물론

자유도 위험에 처하게 될 것입니다!

40 제가 왜 3천 더컷을 마다하고 썩은 살 한 덩이를

기어코 받으려하는지 물으시겠지만, 대답하지 않겠습니다.

그저 제 기분 때문이라고 말한다면, 답이 되겠습니까?

집에 쥐새끼가 한 마리 들어와 귀찮게 한다고 칩시다.

제가 그 놈을 독살하는 데 1만 더컷을

45 기꺼이 쓰겠다면 어떻겠습니까? 이 정도면 답변이 되겠습니까?

입 벌린 통돼지고기 구이를 좋아하지 않는 사람들도 있고,

고양이만 봐도 미쳐버리는 사람들도 있습니다.

또 백파이프가 연주하는 콧노래를 듣기만 해도

오줌을 참지 못하는 사람도 있습니다.

50 감정의 여주인인 기분이 제멋대로

좋게도 만들고 싫게도 만드는 탓입니다. 이제 답변해 보겠습니다.

왜 누구는 입 벌린 돼지를 견딜 수 없으며,

왜 누구는 해롭지 않을 뿐 아니라 꼭 필요한 고양이를 견딜 수 없는지,

왜 누구는 양털로 싼 백파이프를 견딜 수 없는 나머지

55 불쾌해져 어쩔 수 없이 남에게도 불쾌감을 주는

수치스러운 죄를 저지르고 마는지

거기에 뚜렷한 확실한 이유 같은 것은 없는 것입니다.

제가 왜 안토니오 씨에게 이렇듯 손해나는 소송을

제기하는지도 이와 마찬가지입니다.

거기에 이유 같은 건 없고, 그걸 말하지도 않을 것입니다.   60

안토니오에게 뿌리 깊은 증오심과 버릴 수 없는

혐오감을 지녔을 뿐입니다. 이제 대답이 되었습니까?

밧사니오 이런 인정머리 없는 사람 보았나. 그런 답이 어디 있소?

그런 답으로 뼛속까지 박힌 잔인한 기질을 변명이라도 하겠단 말이오!

샤일록 당신 마음에 드는 답변을 할 의무가 없습니다.   65

밧사니오 모두가 마음에 안 든다고 죽이는 것은 아니지 않소?

샤일록 죽이고 싶지 않은 것을 증오하는 사람도 있습니까?

밧사니오 거슬리는 일이라고 처음부터 증오하는 것은 아니잖소.

샤일록 뭐라, 당신이라면 뱀에게 두 번씩이나 물리겠습니까?

안토니오 제발 그만두게. 자네 논쟁 상대가 유대인이라는 걸 기억하게.   70

차라리 바닷가에 서서 높이 밀려오는 바닷물에게

파도를 가라앉혀 달라고 하는 게 더 나을 걸세.

또 늑대더러 왜 새끼 양을 잡아먹어 어미 양을

울렸냐고 따지는 편이 낫고,

산꼭대기 소나무더러 하늘에서 돌풍이 불어 닥쳐도   75

절대 가지를 흔들지 마라, 소리를 내지도 마라

호령하는 편이 나을 걸세.

저 유대인의 심장을—이보다 더 단단한 것이 세상 천지에 있겠는가!—

부드럽게 해보려하느니, 차라리 무슨 일이든 가장 어려운 일을 찾아

해보는 편이 나을 걸세! 그러니 부탁하네만,   80

더 이상 제안도 말고, 다른 방법을 찾아보지도 말게.

최대한 신속하고 간단하게

내가 재판을 받아, 저 유대인이 뜻을 이루게 해주게.

밧사니오 3천 더컷 대신 6천 더컷을 주겠소!

85 **샤일록** 6천 더컷의 하나하나가 여섯으로 나눠지고,

그 나눠진 조각 하나하나가 1더컷이 된다 하더라도,

그 돈을 받지 않고, 차용증서대로 받겠습니다!

공작 어떤 자비도 베풀지 않고서 어찌 자비를 바랄 수 있겠는가?

샤일록 잘못한 게 하나도 없는데, 어떤 판결인들 두렵겠습니까?

90 여러분은 많은 노예들을 사와 부리고 있습니다.

마치 나귀, 개, 노새인양 천하고 고된 일에 부려먹고 있습니다.

돈을 주고 샀기 때문입니다. 제가 여러분께

'노예들을 해방시키시고, 여러분의 상속 따님들과 결혼시키세요.

왜 그자들이 무거운 짐을 지고 땀 흘려야 하죠? 그자들의 잠자리도

95 여러분의 잠자리처럼 푹신하게 만들어주시고, 그자들의 혀도

해방된 신분에 합당한 고급 요리를 맛보게 해주시죠?'라고 말한다면,

'그 노예들은 우리 것이다.'라고 대답하실 것입니다.

저도 똑같은 답변을 드릴 수밖에요.

제가 저자에게 요구하는 1파운드의 살덩어리는

100 비싼 돈을 주고 제가 산 것이니 제 것. 그러니 제가 갖겠다는 것입니다.

각하께서 안 된다고 하시면, 안타깝지만 법은 끝장난 겁니다.

그러니 베니스의 법률은 효력이 없는 거나 마찬가지입니다.

판결을 기다리겠으니, 대답해주십시오 — 그것을 제가 가져도 되겠습

니까?

공작 이 문제를 관결해 달라고 내가 의뢰한

학식이 탁월한 벨라리오 박사가   105
오늘 이곳에 오기로 되어 있다. 그분이 오시지 않는다면
내 권한으로 당 소송을 기각시킬 수도 있다!
살레리노   공작 각하, 지금 밖에 파두아에서 온
전령이 기다리고 있습니다.
박사의 편지를 가지고 왔다고 합니다.
공작   편지를 가져 와라! 전령을 불러 와라!   110

살레리오 퇴장

밧사니오 기운 내게, 안토니오! 아직 용기를 잃으면 안 되네.
저 유대인에게 내 살과 피와 뼈, 그리고 내 몸 전체를 다 주면 주었지
나 때문에 자네가 피 한 방울이라도 흘리게 하지 않겠네.
안토니오 나는 무리들 가운데 병들고 거세당한 숫양이니,
죽어 마땅하네. 과일도 가장 약한 것이   115
가장 먼저 땅에 떨어지는 법. 그러니 날 놔두게.
밧사니오, 자네가 해야 할 더 나은 일은
살아남아 내 묘비명을 써주는 일이네.

법관의 서기 복장을 한 네리사 등장

공작   파두아에서 왔느냐? 벨라리오 박사가 보내서 왔느냐?
네리사 [편지를 공작에게 건넨다.] 둘 다 그러하옵니다, 각하. 벨라리오 박사께
서 안부 말씀 전하십니다!   120
밧사니오 왜 그렇게 열심히 칼을 가시오?

샤일록 저 파산자에게서 위약금을 베어 내려고 그럽니다.

그라시아노 구두 바닥이 아니라 마음의 바닥에다 대고 갈아라, 몰인정한
유대 놈아.

그래야 칼이 더 날카롭게 갈리지. 어떤 쇠붙이도, 아니,

125   그 어떤 사형 집행인의 도끼도 네 증오의 칼 절반만큼도

날카롭진 못할 거다. 어떤 애원도 네 가슴을 꿰뚫을 수 없단 말이냐?

샤일록 없다. 아무리 재주를 부려도 어림없소.

그라시아노 오, 천벌을 받아 지옥에 떨어질 개자식!

너 같은 놈을 살려 두다니 법정은 비난받아야 한다.

130   너를 보고 있으면 내 신앙마저 흔들린다.

동물의 넋이 사람 몸뚱이 속으로 들어간다는

피타고라스의 학설[77]을 믿고 싶어진단 말이다.

개 같은 너의 혼은 한때 늑대 안에 있었던 거다.

사람을 물어 죽인 죄로 늑대가 교수형에 처해졌는데,

135   그때 흉악한 혼이 교수대에서 빠져나와

더러운 어미 뱃속에 잉태되어 있는

네 몸으로 쑥 들어간 것이다. 그래서 네 욕심이 늑대 같은 거다.

피에 굶주리고 배 곯아 게걸스럽게 달려드는 꼴이 그렇다.

샤일록 그런 욕지거리가 차용증서의 날인을 지워버릴 수 있다면 모를까,

140   그렇게 큰 소리 쳐봐야 당신 폐만 상할 뿐이오.

젊은 양반, 정신 차리시오, 안 그러면 완전히 망가져

---

77. 피타고라스(Pytagoras): 죽은 후 인간의 영혼이 동물의 육체로 옮겨간다는 이론을
주장했던 기원전 6세기 경 그리스 철학가.

고치지도 못하게 될 거요. 난 여기 서서 법의 판결을 기다리겠소.

공작 벨라리오 씨는 이 편지에서 젊고 박식한

박사 한 분을 우리 법정에 추천했다.

그분은 어디에 계시느냐?

네리사 각하께서 자신을 받아주실지 145

답변을 알기 위해 이곳 가까이에서 기다리고 계십니다.

공작 극진하게 모실 것이다. 너희들 서넛이 가서 그분을

이곳으로 정중히 모셔 와라.

시종들 퇴장

그동안 법정은 벨라리오 씨의 편지를 읽고 있겠다. 149

[읽는다] '공작 각하의 편지를 받았을 때 제가 와병 중이었다는

점을 각하께서 너그럽게 이해해 주실 것이라 믿어 의심치 않습

니다. 허나 각하의 전령이 도착했을 때 마침 저와 친하게 지내는

로마의 젊은 박사가 방문해 함께 있었습니다. 그의 이름은 벨서

자라고 합니다. 저는 그 젊은 박사에게 논란이 되고 있는 유대인

과 상인 안토니오 사이의 소송 건에 대해 상세히 알려주었습니 155

다. 우리는 함께 많은 문헌들을 조사했습니다. 이후 제가 박사에

게 제 견해를 말했더니, 박사는 더 이상 칭찬할 수 없을 정도의

고매한 학식으로 제 의견을 수정하여 발전시켰습니다. 저의 간

곡한 간청에 벨서자 박사가 저를 대신해 공작 각하의 요청에 응

하고자 찾아뵙게 되었습니다. 젊은이가 이처럼 노련한 판단력을 160

지니고 있는 걸 제가 난생 처음 본 터라 추천하며 간곡히 부탁드

리오니, 연소하다고 해서 박사가 존경어린 평가를 받지 못하는
일이 없게 되기를 소망합니다. 각하께서 너그러운 마음으로 그
에게 재판을 맡기시면 그의 실력은 제 칭찬을 증명하고 남을 정
도로 널리 알려지게 될 것이라 믿습니다. 각하께서 그를 환대해
주시길 바라옵니다.'

벨서자로 변장한 포샤와 서너 명의 시종들 등장

공작 이것이 박식한 벨라리오 씨가 쓴 편지 내용이다.

짐작컨대 저기 오시는 분이 그 박사인 듯하다.

악수를 하시지요. 연로하신 벨라리오 씨가 보내서 오셨습니까?

포샤 그렇습니다, 공작 각하.

170 **공작**   어서 오십시오. 자리에 앉으십시오.

지금 이 법정에서 심의 중인

소송 사건에 대해 알고 계십니까?

포샤 그 사건에 대해선 상세하게 전해 들었습니다.

여기서 어느 쪽이 상인이고, 어느 쪽이 유대인입니까?

175 **공작** 안토니오와 연로한 샤일록, 모두 앞으로 나오시오.

포샤 당신 이름이 샤일록입니까?

샤일록   샤일록이 제 이름입니다.

포샤 참으로 이상한 소송을 제기했지만,

합법적인 절차에 따른 것이니 베니스의 법은

당신이 제기한 소송을 비난할 수 없습니다—

180 [안토니오에게] 당신의 목숨은 이 사람의 손에 달려 있습니다. 아닙니까?

공작 예, 저 사람이 그렇다고 말합니다.

포샤 당신은 이 차용증서를 인정합니까?

안토니오 인정합니다.

포샤 그렇다면, 유대인이 반드시 자비를 베풀어야 합니다.

샤일록 제가 그래야만 하는 어떤 강제 조항이 있습니까? 그 점에 대해
말씀해 주십시오.

포샤 본디 자비란 강제로 베푸는 것이 아닙니다.

그것은 하늘에서 땅 위로 부드럽게 내리는   185

비와 같은 것입니다. 자비는 이중으로 축복을 내립니다.

즉 그것은 베푸는 자와 받는 자를 동시에 축복해 줍니다.

그것은 최고 중에서도 최고의 힘을 지닙니다.

그것은 옥좌에 오른 왕을 왕관보다 더욱 왕답게 해줍니다.

왕홀(王忽)은 속세 권력의 힘을 보여주고,   190

경외심과 위엄을 전달하는 표지이지만,

그 안에는 왕에 대한 두려움과 공포가 깃들어 있습니다.

그러나 자비는 이러한 제왕적 위력보다 높은 곳에 있습니다.

그것은 왕의 마음 속 옥좌에 앉아 있으며,

신 그자신의 속성을 지녀,   195

자비가 정의를 완화시킬 때 지상의 권력은

신의 권력을 닮게 됩니다. 그러니, 유대인,

정의를 호소하고 있지만, 이걸 생각해 보십시오.

정의를 좇는다면 우리 중 누구도 구원을 받지 못한다는

사실을 말입니다. 우리는 자비가 내려지길 기도드리는 바입니다.   200

그 기도가 우리 모두에게 자비로운 행동을
행하라고 가르칩니다. 이렇게 말을 많이 하는 것은
정의에 대한 원고의 호소를 완화시키기 위해서입니다.
허나 원고가 정의의 호소를 고집한다면, 엄격한 이 베니스의 법정은
저기 서 있는 상인에게 불리한 판결을 내려야만 합니다.

샤일록 제 행동에 대해서도 자비를 요청하지 않을 것입니다! 법의 집행을,
즉 차용증서에 명시된 벌칙과 위약금을 갈구하는 바입니다.

포샤 저 상인은 돈을 갚을 능력이 없습니까?

밧사니오 있습니다. 이 법정에서 제가 그를 대신하여 돈을 갚겠습니다.
아니, 빌린 돈의 두 배를 갚겠습니다. 그게 충분하지 않다면,
저의 손, 머리, 심장을 담보로 하여
빌린 돈의 열 배를 갚겠노라고 약속드리겠습니다.
그것도 충분하지 않다면, 악의가 진실을
짓밟고 있는 것이 분명합니다. [공작에게] 이렇게 부탁드리오니,
한번만 공작 각하의 권위로 법을 어겨주십시오.
큰 의미에서 의로운 일을 행하시고, 작은 잘못을 범하시어,
저 잔인무도한 악마의 뜻을 꺾어 주십시오.

포샤 그렇게 해서는 안 됩니다. 베니스의 어떤 권력도
이미 시행되고 있는 법령을 변경할 수 없습니다.
그것은 전례로 남게 되고,
이와 비슷한 많은 잘못들이
이 나라에 밀려들 것입니다. 그럴 수 없습니다.

샤일록 다니엘이[78] 판결하러 오셨다! 맞다, 진짜 다니엘 같은 분이 오셨다!

총명하신 젊은 판사님, 진정으로 존경합니다!

포샤 차용증서를 보여주십시오.   225

샤일록 여기 있습니다. 지극히 존경하는 박사님, 여기 있습니다.

포샤 샤일록, 당신에게 빌린 돈의 세 배를 갚겠다는 제안이 있었습니다.

샤일록 맹세, 맹세를 했습니다. 하늘에 맹세를 했단 말입니다!

제 영혼에 위증의 죄를 씌워야 하겠습니까?

안 됩니다. 베니스를 다 준다고 해도.

포샤   음, 증서의 계약이 파기된 것이 맞습니다.   230

이에 따라 유대인은 저 상인의 심장에서 가장 가까운 곳에서

1파운드의 살덩어리를 베어내겠다는 주장을 합법적으로 펼 수 있

습니다.

[샤일록에게] 허나 자비를 베푸십시오.

원금의 세 배를 받으시고, 이 차용증서를 찢어버립시다.

샤일록 차용증서에 따라 지불받은 다음에 그리하겠습니다.   235

판사님께선 훌륭한 재판관이시며

법을 잘 알고 계신 것 같습니다. 판사님의 법해석은

지극히 타당하십니다. 법을 지탱해 주시는 기둥이신 판사님께

법에 따라 판결해 주실 것을 부탁드립니다.

영혼에 대고 맹세하지만, 인간의 혀가 지닌   240

힘으로는 제 마음을 절대로 바꿀 수 없습니다.

여기 있는 차용증서대로 판결되기를 기다리겠습니다.

안토니오 저도 법정에 간곡히 요청 드립니다.

---

78. 다니엘(Daniel): 구약성서에 나오는 지혜로운 예언자

어서 판결을 내려주십시오.

포샤   자 그렇다면, 이와 같이 판결합니다.

245   그 가슴이 저 사람의 칼을 받는 수밖에 없습니다 —

샤일록 오, 고귀하신 판사님, 오, 젊으시지만 참으로 탁월하십니다!

포샤 여기 이 차용증서에 기록된 대로

위약금은 마땅히 지불되어야 하며, 이는

법의 취지와 목적에 완벽히 일치합니다.

샤일록 참으로 옳은 말씀입니다. 오, 지혜롭고 공정하신 판사님!

251   참으로 보기보다 노련하십니다!

포샤 [안토니오에게] 허면 피고는 가슴을 열라.

샤일록   그렇지요, 가슴입니다.

차용증서에 그렇게 적혀 있습니다. 그렇지 않습니까, 고귀하신 판사님?

'심장 가장 가까운 곳' 바로 이렇게 쓰여 있습니다.

포샤 바로 그렇습니다. 이곳에 살덩어리를 달아볼 저울이 준비되어 있

255   습니까?

샤일록 준비해 놓았습니다.

포샤 샤일록 씨, 당신 비용으로 의사를 부르십시오.

상처를 막아, 저 사람이 피 흘려 죽지 않도록 해야 합니다.

샤일록 차용증서에 그렇게 적혀 있습니까?

260 **포샤** 그렇게 쓰여 있지는 않지만 그게 어떻다는 것입니까?

그 정도의 자선을 베푸는 것이 좋지 않겠습니까?

샤일록 그런 문구를 찾아 볼 수 없습니다. 그건 증서에 없단 말입니다.

포샤 [안토니오에게] 이보시오, 상인, 하실 말씀이 혹 있습니까?

안토니오 별로 없습니다. 마음의 무장을 하고 단단히 준비했습니다.

손을 주게, 밧사니오. 잘 있게.   265

내가 자네 때문에 이 지경이 되었다고 슬퍼하지 말게.

이번 일에서 운명의 여신은 평소보다

더 친절을 베풀고 있다네. 운명의 여신은 흔히

파산하여 비참하게 된 사람이 오래도록 살아남게 해

눈은 움푹 들어가고 이마엔 주름살이 잡힌 채   270

가난에 시달리는 노년을 보내도록 하곤 하지. 그런데 내게는

그런 질질 끌려가는 비참한 삶의 회한을 면하게 해주었네.

훌륭한 자네 부인에게 안부와 이 안토니오의 최후 모습을

전하고, 내가 얼마나 자네를 사랑했으며,

얼마나 훌륭하게 죽음에 임했는지도 말해주게.   275

이 이야기를 다 해준 후에 밧사니오가 한때

진정한 친구를 두었는지를 부인께 판단해보라고 해보게.

자네는 친구를 잃게 되는 것만 아쉬워하게.

그럼 나는 친구의 빚을 갚은 것을 후회하지 않을 걸세.

이 유대인이 충분히 깊게 베어낸다면,   280

내 심장 다 바쳐 즉시 빚을 갚게 될 것이니까.

밧사니오 안토니오, 막 결혼해 내 아내가 된 그녀는

사실 나에게 내 생명만큼이나 소중하네.

허나 생명 자체도, 내 아내도, 그리고 온 세상도

자네의 목숨 이상으로 귀중할 수는 없네.   285

그렇다네, 자네를 구하기 위해서라면, 난 모든 것을 잃어도 좋네.

여기 이 악마에게 모든 것을 제물로 바치겠네.

포샤 당신 아내가 그런 제안을 하는 당신의 말을 옆에서 듣는다면,

당신을 별로 달가워하지 않을 것 같습니다.

290 **그라시아노** 제게도 아내가 있는데, 장담컨대 전 그녀를 사랑하지만

그녀가 이 개 같은 유대 놈의 마음을 바꿔주도록 신이나 누군가에

게 빌어줄 수만 있다면,

그녀가 죽어 천당에 갔으면 좋겠다는 생각도 듭니다.

네리사 부인이 안 계신데서 그런 말을 하시니까 망정이지,

그렇지 않았다면, 집안에 풍파가 일어났을 것입니다.

샤일록 [방백] 예수쟁이 남편들이란 저렇다니까!

295 딸이 하나 있지만 —

예수쟁이보다는 차라리 바라바[79]의 후손이

그 애 남편이 되었으면 좋겠다!

— 시간 끌지 말고 어서 판결을 내려주십시오.

포샤 저 상인의 살 1파운드는 당신 것입니다.

300 당 법정이 이렇게 판결하고 법이 이를 허락합니다.

샤일록 참으로 정의로우신 판사님!

포샤 그리고 반드시 저 사람 가슴에서 살을 베어내야 합니다.

당 법정이 이렇게 판결하고 법이 이를 허락합니다.

샤일록 참으로 박식하신 판사님께서, 선고를 내리셨다! [안토니오에게] 자,

준비해라!

---

79. 바라바(Baraba): 예수 대신 사면을 받은 도둑이다. 크리스토퍼 말로우(Christopher Marlowe)의 『몰타의 유대인』(*Jew of Malta*)의 주인공 바라바스(Barabas)를 상기시킨다.

포샤 잠깐 기다리십시오. 추가 사항이 있습니다.   305

이 차용증서에 따르면, 당신은 피 한 방울도 흘려서는 안 됩니다.

'1파운드의 살'이라고만 분명히 적혀 있습니다.

그러니 그 증서대로 1파운드의 살을 떼어 가십시오.

그러나 살을 떼어내면서 기독교인의 피를

한 방울이라도 흘리게 되면, 당신의 땅과 재산은   310

베니스의 법에 의해 몰수되어

베니스 국가로 귀속됩니다.

그라시아노 오, 공정하신 판사님! 봤느냐, 유대인, 참으로 박식하신 판사
님이시다!

샤일록 법이 그렇습니까?

포샤   직접 법 조항을 읽어보십시오.

정의를 촉구한 사람이 당신이니, 확신컨대   315

당신이 원하는 것 이상으로 정의를 얻게 될 것입니다.

그라시아노 오, 참으로 박식한 판사님! 잘 봐라, 유대인, 박식하시단 말이다!

샤일록 그러면 그 제안을 받아들이겠습니다. 증서에 적힌 금액의 세 배
를 주시면,

저 기독교인을 놓아드리겠습니다.

밧사니오   돈은 여기 있습니다.

포샤 잠깐 기다리십시오.   320

유대인은 정의의 심판을 받을 것입니다. 잠깐만 기다리고, 서두르
지 마십시오,

유대인은 위약 벌칙 외엔 아무 것도 받아서는 안 되기 때문입니다.

그라시아노 오, 유대인, 봐라! 공정하신 판사님이시고, 박식한 판사님이시다!

포샤 그러니까 살을 베어낼 준비를 하십시오.

325 피를 흘려서도 안 되고, 또 정확하게 1파운드 외에

그 이하도 그 이상도 베어내선 안 됩니다.

만약 정확히 1파운드보다 더 많거나 적게 베어내면

그 무게가 가볍건 무겁건 간에

또는 아주 적은 양의 이십 분의 일이라도 그 무게가 다르다면,

330 아니, 만약 저울이 머리카락 한 올의

무게만큼이라도 기운다면

당신은 죽게 되고, 당신의 전 재산은 몰수됩니다.

그라시아노 다니엘이 재림하셨다! 다니엘 같은 명판관이시다! 유대인!

자, 이교도, 이제 네가 불리해졌다.

335 **포샤** 유대인은 왜 머뭇거리십니까? 어서 위약금을 받아 가십시오.

샤일록 원금만 받고, 가게 해주십시오.

밧사니오 원금은 여기 준비되어 있소. 자, 받으시오.

포샤 이자는 이미 공개 법정에서 그걸 거절했습니다.

그가 받을 수 있는 것은 정의의 심판과 차용증서의 집행뿐입니다.

340 **그라시아노** 역시 다니엘이라 말하겠어. 다니엘이 재림하셨다!

고맙네, 유대인, 좋은 말을 가르쳐 줘서.

샤일록 단지 원금이라도 돌려받을 수 없겠습니까?

포샤 유대인, 목숨을 내놓고 가져갈 거라곤

위약금인 1파운드 살밖에 없습니다.

345 **샤일록** 제기랄, 그럼 악마나 실컷 가져 가라시오!

더 이상 여기 남아 실랑이를 벌이지 않겠습니다. [떠나려고 한다.]

포샤   기다리시오, 유대인.

당신에게 적용할 또 다른 법 조항이 있습니다.

베니스의 법이 정한 바에 따르면,

외국인이 직접적이든 간접적이든

베니스 시민의 목숨을 노린 것이 입증이 되면,   350

그 외국인에게 불리하게도 그가 교묘하게 해코지한

베니스 시민이 그의 재산 중 반을 차지하게 되고,

나머지 반은 국고에 귀속됩니다.

또한 그 외국인 가해자의 목숨은

전적으로 공작이 자비를 베푸느냐 여하에 달려 있고,   355

그 누구도 이에 끼어들어 다른 의견을 낼 수 없습니다.

당신은 바로 이러한 위험한 상황에 처해 있습니다.

지금까지 일어난 일로 보건대,

간접적으로, 또 직접적으로,

당신이 피고의 목숨을 노리기 위해   360

음모를 꾸몄으며, 내가 앞서 자세하게 말한 대로

당신 스스로 위험을 초래했다는 것이 명백히 드러나니

엎드려 공작 각하께 자비를 간청하십시오.

그라시아노 목매달아 죽을 수 있게 해달라고 간청해봐라.

하지만 재산이 국가에 몰수당했으니   365

밧줄 살 돈도 남지 않았겠어.

그러니 국비로 교수형 당하는 수밖에.

공작 기독교인의 정신이 다르다는 것을 보여주겠다.

네가 청하기 전에 목숨을 살려준다.

370 네 재산의 반은 안토니오의 것이 되고,

나머지 반은 국가에 귀속시키도록 한다. 다만

네가 겸손한 태도를 보이면 그 나머지 반은 벌금 정도로 감해질 수

도 있다.

포샤 국가 귀속 재산에 대해서는 그러셔도 됩니다만, 안토니오의 몫은

안 됩니다.

샤일록 아니, 목숨이고 무엇이고 다 빼앗아 가시고, 용서해주지 마십시오.

375 제 집을 지탱하고 있는 기둥을 빼가버리면

집을 빼앗는 것. 제가 살아갈 재산을

앗아가는 것은 제 목숨을 앗아가는 것입니다.

포샤 안토니오, 저 사람에게 어떻게든 자비를 베풀어 줄 수 있습니까?

그라시아노 목매달 밧줄이나 공짜로 주시고— 그 외엔 제발 아무것도

주지말길.

380 **안토니오** 공작 각하와 법정의 다른 모든 사람들이 허락한다면

그의 재산의 절반을 몰수하지 않고 벌금형만 내려주시면

저는 만족합니다. 나머지 절반은

제가 가지고 있게 해주시면, 저 사람 사후

최근 그의 딸을 훔친 저 신사에게 양도하겠습니다.

385 두 가지 조건이 더 있습니다.

첫째 이러한 호의에 대한 보답으로

당장 기독교로 개종할 것,

둘째 죽게 되면 소유 재산 일체를

사위 로렌조와 딸에게 물려준다는

증여증서를 본 법정에서 쓸 것. 390

공작 그렇게 한다. 이에 불복할 경우

본 법정에서 지금 막 선언한 사면을 취소한다.

포샤 이의가 없습니까, 유대인? 뭐라 할 말이 있습니까?

샤일록 받아들이겠습니다.

포샤 서기, 증여증서를 작성하시오.

샤일록 어서 여기서 자리를 뜨게 해주십시오. 395

몸이 좋질 않습니다. 증여증서는 후에 보내주시면

서명하겠습니다.

공작 가도 좋다. 허나 서명은 꼭 하라.

그라시아노 세례 받을 때 당신은 대부를 두 사람이나 두게 되겠군.

내가 판사였다면 배심원을 열 사람 더 불러[80]

당신을 세례대가 아니라 교수대로 보냈을 거다. 400

샤일록 퇴장

공작 [포샤에게] 판사님, 우리 집으로 가서 식사라도 같이 하셨으면 합니다.

포샤 공작 각하, 오늘 밤 파두아로 떠나야 합니다.

---

80. 공작과 안토니오 두 사람이 샤일록이 세례를 받을 때 대부가 될 수 있다는 뜻이다. 셰익스피어의 시대에는 법정의 배심원을 대부라고 불렀기 때문에 두 사람이 배심원으로 법정에서 그를 심판한다는 함축적 의미도 갖는다. 배심원 수는 총 12명이므로, 배심원을 구성하려면 공작과 안토니오 외에 10사람이 더 필요하다.

당장 지금 출발해야 되니,

이 결례를 부디 용서해 주시길 바랍니다.

405 **공작** 유감스럽지만 그렇게 급하신 일이 있는 것이라면 하는 수 없습니다.

안토니오, 당신이 이 분께 큰 은혜를 입었다는 생각이 드오.

그러니 예를 갖춰 감사표시를 해주시오.

공작과 그 일행 퇴장

밧사니오 참으로 훌륭하십니다. 저와 저의 친구는

오늘 박사님의 슬기로운 판결에 힘입어

410 끔찍한 벌을 면하게 되었습니다. 그 보답으로

저희들은 유대인에게 갚으려했던 3천 더컷을

수고에 대한 보답으로 드리오니 받아주십시오.

안토니오 그 이상의 넘치는 은혜를 입었으니

평생토록 진심과 정성을 다해 보답하겠습니다.

415 **포샤** 마음이 흡족하면 보수는 충분히 받은 것이나 같습니다.

당신을 구한 것으로 마음이 흡족하니,

그것만으로도 충분히 보수를 받은 셈입니다.

그 이상의 금전적 보수를 바란 적이 결코 없습니다.

다음에 언제 만나게 되거든 잊지나 말아 주십시오.

420 그럼 안녕히 계십시오. 그럼 이만 가보겠습니다.

밧사니오 판사님, 강제로라도 좀 더 계시라고 붙들어야 하겠습니다.

보수로서가 아니라, 존경의 표시로 우리의 기념품을

받아주십시오. 제발 두 가지만 허락해 주십시오.

사양하지 마시고, 실례를 용서해주십시오.

포샤   이렇게까지 막무가내로 조르시니 따르겠습니다.   425

[안토니오에게] 장갑을 주시면 당신을 생각해서 끼겠습니다.

[밧사니오에게] 당신에게선 감사의 뜻으로 그 반지를 받겠습니다.

손을 뒤로 빼지 마십시오. 다른 것은 필요 없습니다.

감사하고 계시니까[81] 이 정도는 거절하지 않으시겠지만요!

밧사니오   훌륭하신 판사님, 이 반지요? 어쩌지요, 이건 싸구려예요!

이런 건 창피해서 드릴 수 없습니다!   431

포샤   그것 외엔 아무 것도 받지 않겠습니다.

이제 생각해보니 그게 제 마음에 쏙 듭니다.

밧사니오   이 반지에는 금전적 가치 이상의 사정이 있습니다.

베니스에서 가장 값비싼 반지를 드리겠습니다.   435

포고령을 내려서라도 찾아내겠습니다.

이것만은 안 됩니다. 제발 용서해 주십시오.

포샤   이제 보니 경께선 말로만 선심을 쓰시는 분이십니다.

처음엔 청하는 법을 가르쳐주시더니, 이제 와선

거지가 어떤 취급을 받는지를 가르쳐 주시는 듯합니다.   440

밧사니오   훌륭하신 박사님, 이 반지는 아내에게서 받은 것입니다.

아내가 이 반지를 끼워주면서 제게 맹세를 시켰습니다.

이걸 팔거나, 남에게 주거나, 잃어버려서는 안 된다는 맹세였지요.

---

81. 맥락상 'for your love'를 '감사의 뜻'으로, 'in love'를 '감사하고 계시지만'으로 번역했다. 이 두 말에는 '밧사니오에 대한 포샤의 사랑'의 의미도 있어 극적 아이러니(dramatic irony) 효과를 불러일으킨다.

포샤   그런 핑계를 대고 선물을 주지 않으려는 남자들이 꽤 있습니다.

445   당신 부인이 정신 나간 여자가 아니라면

또 내가 이 반지를 받을 만한 가치가 있는 사람이라는 것을 알게 되면,

그 반지를 내게 주었다고 해서 언제까지나 당신을

원수처럼 대하지는 않을 것입니다. 그럼 평안하시길 빕니다!

포샤와 네리사 퇴장

안토니오   밧사니오 경, 반지를 저 분께 드리게.

450   저 분의 공로와 나의 사랑을 덧붙이면

자네 부인의 명령과 맞먹는 값어치가 될 테니 그리 하세.

밧사니오   어서 가보게. 그라시아노, 달려가서 그분을 따라잡아,

이 반지를 드리게. 그리고 가능하다면 그분을

안토니오의 집으로 모셔 오게. 어서 서둘러주게.

그라시아노 퇴장

455   자, 우리들도 자네 집으로 가세.

내일 아침 일찍 우리 둘이

벨몬트로 날아가야지. 자, 안토니오, 가세.

안토니오와 밧사니오 퇴장

2장

이전처럼 변장한 포샤와 네리사 등장

포샤 유대인의 집을 찾아내서 유대인에게 이 증여증서를 주고 [네리사에게
서류를 건넨다.]
오늘 밤 출발해서
남편들보다 하루 먼저 집으로 돌아가야지.
증여증서를 보여주면 로렌조가 정말 좋아할 거야.

그라시아노 등장

그라시아노 공정하신 판사님, 다행히 판사님을 따라잡았습니다.   5
밧사니오 경께서 좀 더 생각하시고는
이 반지를 판사님께 보내셨고 저녁 식사를 함께
하시길 청했습니다.

포샤   그럴 수 없습니다.
허나 이 반지는 고맙게 받겠습니다.
부디 말씀 잘 전해주십시오. 그리고 부탁이 있는데   10
제 젊은 서기에게 샤일록 노인 집을 알려 주십시오.

그라시아노 그리 하겠습니다.

네리사   판사님, 드릴 말씀이 있습니다.
[포샤에게 방백으로] 저도 남편의 반지를 뺏을 수 있는지 알아볼게요.

저도 그이에게 평생토록 그 반지를 지니고 있어야 한다고 맹세시
켰거든요.

15 **포샤**   [네리사에게 방백으로] 보장하건데, 뺏을 수 있을 거야.

맹세코 그 반지를 남자들에게 줬다고 우겨댈게 뻔해.

하지만 우리가 한 수 더 떠서 더 우겨대고 더 맹세해 그분들을 이

겨내고 말아야지 —

어서 서두르자. 우리가 만날 장소를 알고 있지?

퇴장

네리사 저, 나리, 유대인 집이 어디인가요? 안내해 주시겠어요?

모두 퇴장

5막

1장

로렌조와 제시카 등장

로렌조 달이 참 밝게 빛나는구려. 이런 달 밝은 밤에
　　　　달콤한 바람이 나뭇잎에 살포시 입 맞추며
　　　　소리 없이 불어댔다오. 이런 밤
　　　　트로일러스[82]는 트로이 성벽에 올라가
5　　　그날 밤 크레시다 잠든 그리스 진영 쪽으로
　　　　한숨지어 마음의 탄식을 보냈다오.

제시카　　　　　　　　　　　　　　이런 밤
　　　　티스비[83]는 연인 보러 조심스럽게 밤이슬 밟고 가다
　　　　사자가 나타나기도 전 그 그림자 보고 놀라
　　　　혼비백산 도망쳤지요.

로렌조　　　　　　　　　　　　　　이런 밤

---

82. 트로일러스(Troilus): 전쟁으로 몰락한 트로이의 마지막 왕 프리아모스의 아들로
　　크레시다를 사랑했으나 그녀가 그리스 군의 디오메데스와 사랑에 빠져 슬픔에 빠
　　졌다.
83. 티스비와 피라머스(Thisbe and Pyramus): 둘은 서로 사랑했으나 부모의 반대에 부
　　닥쳤다. 몰래 만나기로 한 어느 날 밤 티스비 앞에 사자가 나타나자 그녀는 동굴로
　　숨었다. 그녀가 떨어뜨리고 간 코트를 사자가 물어뜯은 것으로 알고 피라머스는 절
　　망하여 자결했고, 이에 티스비도 자결함으로써 비극적 운명을 지닌 연인들의 대명
　　사가 되었다.

디도[84]가 거친 바다 제방 위에 서서

손에 든 버들가지 흔들며

연인에게 카르타고로 돌아오라 했다오.

제시카   이런 밤

메데이아[85]는 늙은 이아손을 회춘시키는

마법의 약초를 모았지요.

로렌조   이런 밤

제시카가 부자 유대인 집에서 몰래 빠져 나와   15

방탕한 애인과 베니스에서

벨몬트까지 도망쳐 왔다오.

제시카   이런 밤

젊은 로렌조는 사랑을 맹세하며

그녀의 마음을 훔쳤지요. 수없이 많은 맹세를 했어도

진실한 것은 없었지만요.

로렌조   이런 밤   20

어여쁜 제시카는 귀여운 말괄량이처럼

애인을 비난했지만 그 남잔 그녀를 용서했다오.

제시카 아무도 오지 않는다면, 밤새 당신을 이기고 말았을 테지만,

귀를 기울여 보세요. 발자국 소리가 나는 것 같아요.

---

84. 디도(Dido): 카르타고를 건설한 것으로 알려진 전설적 여왕으로 로마의 아이니아스
를 사랑하였으나 그가 떠나자 자결했다.

85. 메데이아(Medea): 그리스 신화에서 콜키스 왕의 딸. 황금양털을 구하러 온 이아손
(Jason)을 돕고자 동생을 죽였던 그녀는 마법의 약초로 이아손의 아버지 아이손
(Aeson)을 소생시켰다.

25   **로렌조** 이 조용한 밤에 그렇게 급히 오는 자가 대체 누구냐?

스테파노 친구입니다.

로렌조 친구? 친구 누구? 이름을 말해봐라.

스테파노 스테파노가 제 이름이고, 전 아씨 마님이 동트기 전에

이곳 벨몬트에 오실 거라는 전갈을

30   가져왔습니다. 마님께선 오시는 도중 길가 십자가를 보시더니

잠시 길을 벗어나 십자가 앞에서 무릎을 꿇으시고

행복한 결혼 생활을 위해 기도드리시고 계십니다.

로렌조   누구와 같이 오시느냐?

스테파노 수도사[87] 한 분과 시녀뿐입니다.

주인님께선 돌아오셨습니까?

35   **로렌조** 아직 돌아오시지 않았고 아직 소식도 들은 바 없다.

그건 그렇고, 제시카, 우린 들어가서

안주인의 귀환을 정중하고 성대하게

맞이할 준비를 합시다.

광대 랜슬럿 등장

---

86. 리버사이드(Riverside) 편집본에는 전령이라고만 쓰여 있지만 아든(Arden) 편집본
   을 따라 스테파노를 명시했다. 대사에서 스테파노 이름이 나오기 때문이다.
87. 여기 언급된 수도사에 대해 학자들의 의견이 분분하다. 혹자는 초판본에 언급했다
   가 없앤 인물이나 후에 이 부분을 수정하지 못했다고 주장하고, 혹자는 전령이 말
   을 꾸며대고 있는 것이라고 본다.

랜슬럿 솔라! 솔라! 와우! 하 호! 솔라, 솔라![88]

로렌조 누구냐?

랜슬럿 솔라! 로렌조 나리 부부를 보셨어요?

로렌조요? 솔라, 솔라!

로렌조 이놈아, 소리 좀 그만 질러!―여기다.

랜슬럿 솔라! 어디, 어디요?

로렌조 여기!

랜슬럿 로렌조 나리께 전해요. 나팔 소리에 희소식 가득 담고서 주인님

전령이 왔다고요. 주인 나리께서 아침까지는 이곳에 도착하신답

니다.

퇴장

로렌조 사랑스러운 제시카, 안으로 들어가 그분들이 오시는 걸 기다립시다.

참 그런데 중요한 것은 그게 아닌 듯싶소.

우리가 안으로 들어갈 필요가 있을까? 이보게, 스테파노,

집안에 들어가서 안주인이 곧 오실 거라 알리고,

악사들과 이곳으로 나오게.

전령 스테파노 퇴장

둑 위에 잠들어 있는 참으로 달콤한 달빛!

우리는 여기 앉아, 귓가에 스며드는

---

88. 전령의 나팔 소리를 닮은 외침 소리.

음악 소리나 들어 봅시다. 부드럽고 고요한 이 밤이
감미로운 화음으로 음악을 연주하고 있소.
앉아요. 제시카. 저 하늘 마루에 황금빛 접시들이
얼마나 하늘 가득 아로새겨져 빛나는지를 봐요.
60   당신이 바라보는 가장 작은 별까지도 모두
궤도를 운행할 때는 노래하는 천사가 되어
맑은 눈동자의 아기 천사들에게 쉬지 않고 합창하고 있소.
불멸의 영혼들에겐 이와 같은 화음이 있건만
이 썩어 없어질 진흙 같은 육신의 옷이
65   그 영혼을 휘감고 있는 동안, 우리는 그 소리를 들을 수 없소.
        [악사들 등장]
자, 이리 오시오, 노래로 달님 다이애나 여신을 깨우시오.
아주 달콤한 가락이 여러분 주인마님의 귀에 스며들어
주인마님께서 음악에 이끌려 집에 오시도록 말이오.   [악사들이 음악
        을 연주한다.]
제시카 감미로운 음악을 들을 때 전 흥겨워 들뜬 적이 없어요.
70 **로렌조** 그건 당신이 한 곳에 마음을 집중하고 있기 때문이오.
야생에서 제 맘대로 뛰노는 소떼나
길들이지 않은 어린 망아지 떼들을 보면 알 수 있소.
그놈들은 미친 듯이 날뛰고, 소리 높이 울부짖고 히힝 울어대는데,
그건 그놈들의 피가 끓고 있기 때문이라오.
75   그런데 그놈들의 귀에 어쩌다 나팔소리가 들리든가
어떤 음악 가락이라도 귀에 닿기만 해도

모두 일제히 멈춰 서고, 그 야생의 눈초리가
온순한 눈빛으로 변하게 된다오.
이게 바로 달콤한 음악의 힘. 그러니 시인이 노래하길,
오르페우스가 음악으로 나무와 돌과 강물까지 움직였다 하오.[89]   80
음악이 연주되는 잠시 동안만은
아무리 목석같고, 메마르고, 격렬한 분노로 가득 찬 사람일지라도
그 천성을 바꾸게 되기 마련. 마음속에 음악을 가지고 있지 않거나
달콤한 소리들이 만들어내는 화음에 동요되지 않는 사람은
반역이나 음모, 약탈에나 어울리는 자라오.   85
그런 자의 마음의 움직임은 깜깜한 밤처럼 둔하고
그런 자의 기질은 황천 에레보스[90]처럼 어둡다오.
그런 자는 믿어서는 안 된다오. 음악을 들어봅시다.

포샤와 네리사 등장

포샤 저기 보이는 불빛은 우리 집 홀에 켜진 불이야.
    저 작은 촛불이 참 멀리까지도 비치는구나!   90
    저와 같이 선행도 사악한 세상을 비치는 거야.
네리사 달빛이 비추고 있었을 땐 저 촛불이 보이지 않았어요!
포샤 그렇지. 큰 빛은 그처럼 작은 빛을 희미하게 만드는 법이지.
    대리인이 왕처럼 밝게 빛나다가

---

89. 시인은 『변신 이야기』의 저자 오비드(Ovid)를 의미하여, 오르페우스(Orpheus)는
    죽은 아내 에우리디케를 찾아 지하 세계로 내려간 시인이자 악사이다.
90. 에레보스(Erebus): 그리스 신화에 나오는 저승

진짜 왕이 오게 되면, 그의 위엄도

육지의 시냇물이 대양으로 흘러들어가듯

공허하게 사라져 버리지. 음악이다. 들어보자!

네리사 아씨, 아씨 댁 악사들의 연주인데요.

포샤 무엇이든 주위 환경이 뒷받침 되어야 좋은 거야.

100 낮에 들을 때보다 음악 소리가 훨씬 감미롭게 들리는구나.

네리사 고요함이 감미로움이란 선물을 준 것 같아요. 아씨.

포샤 주위에 아무도 없으면 까마귀도

종달새처럼 달콤하게 노래하는 것 같아. 그리고

꾀꼬리도 거위들이 꽥꽥거리는

105 대낮에 노래하면 굴뚝새보다

더 나은 악사라고 생각할 수 없지.

세상만사는 제 때가 와야 비로소 무르익어

정당한 찬사를 받고 그 진가를 완전히 발휘하는 거야!

쉿 조용히, 연주를 그만 멈춰요! 달님이 엔디미온[91] 옆에서

곤히 잠들어 있어, 깨어나려 하지 않는구나! [음악이 멈춘다.]

110 **로렌조**   내가 착각한 것이 아니라면,

저 목소리는 포샤 아씨의 목소리야.

포샤 내 목소리가 나쁜가봐.

장님이 뻐꾸기 알아보듯 날 알아봐!

로렌조   부인, 어서 오십시오.

---

91. 엔디미온(Endymion): 달의 여신 다이애나가 사랑한 목동. 다이애나는 그를 라트모
스 산 동굴 속에 영원히 잠들게 했다.

포샤	우리 둘은 남편들이 무사하시길 기도드렸어요.

기도가 효험이 있어 남편들이 별일 없으셨으면 좋겠는데.   115

돌아 오셨나요?

로렌조	부인, 아직 안 오셨습니다.

허나 조금 전 전령이 와서

그분들이 오시는 중이라는 소식을 전해 왔습니다.

포샤	들어가자, 네리사.

하인들에게 우리가 그동안 이곳에 없었다는 걸

절대로 내색하지 말라고 해줘 —   120

로렌조 당신도— 제시카 당신도 내색하셔선 안 돼요. [나팔 소리가 울린다.]

로렌조 남편께서 가까이 오셨어요. 오신다는 걸 알리는 나팔 소리가 들려요.

우린 입이 가벼운 사람들이 아니니 염려놓으세요, 부인.

포샤 오늘 밤은 병든 낮처럼 보이는구나.

좀 더 창백해 보여. 낮에 태양이 숨어버릴 때가 있는데,   125

오늘이 바로 그런 날 같아.

밧사니오, 안토니오, 그라시아노와 그들 일행 등장

밧사니오 해가 지더라도 당신이 걸어 다닌다면,

지구 맞은편과 마찬가지로 이곳도 낮이라오.

포샤 빛을 발할지라도, 가벼운 여잔 되지 않겠어요.[92]

가벼운 아내는 남편의 마음을 무겁게 만드니까요.   130

---

92. 원문은 "Let me give light, but let me not be light." '빛'의 'light'와 '가벼운'의
'light'를 이용한 말장난이 돋보인다.

허나 저로 인해 당신이 그런 무거운 남편이 되는 일은 절대 없을

　거예요 —

하지만 세상만사는 하느님 뜻대로 되길! 서방님, 잘 돌아오셨어요.

밧사니오 고맙소, 부인. 내 친구도 환영해주시오.

이 사람이 바로 그 사람,

135　내가 헤아릴 수 없이 큰 신세를 지고 있는 안토니오라오.

포샤 어느 모로 보나 당신은 이분께 큰 신세를 지셨어요.

듣자하니, 남편 때문에 곤란한 일을 겪으셨다면서요.

안토니오 완전히 벗어났으니 이제는 괜찮습니다.

포샤 저희 집에 정말 잘 오셨습니다.

140　말보다는 다른 방법으로 표시해야 하니

이런 식으로 말로만 하는 인사치레는 이만하겠습니다.

그라시아노 [네리사에게] 저 달에 걸고 맹세하지만, 당신 내게 너무하는군!

정말이지, 난 그걸 판사 서기에게 주었단 말이오.

사랑하는 당신이 이 문제를 그처럼 가슴에 사무치게 속상해하니,

145　나로선 그걸 받은 남자가 고자였으면 좋겠군.

포샤 어머, 벌써부터 싸움이에요! 무슨 일이죠?

그라시아노 금으로 만든 동그라미, 아내가 제게 준

하찮은 반지 때문이죠. 그 안에는

세상 사람들을 위해 칼 장수가 칼에 새겨둔

150　"나를 사랑하고, 떠나지 말라"라는 좌우명 같은 게 있긴 했죠.

네리사 좌우명이니 가격이니, 왜 들먹이죠?

그걸 줬을 때, 당신이 맹세 했잖아요.

죽는 순간까지 꼭 끼고 있겠다고.

죽어 무덤에 누워서도 끼고 있겠다고 했었지요.

저를 위해서가 아니라도, 그렇게 열정적으로 맹세했으니까   155

소중하게 다루고 간직했어야죠.

판사의 서기에게 주었다니! 하느님 맙소사, 말도 안 돼요.

그걸 받은 서기는 평생 얼굴에 털이 나지 않을 거야. 절대로.

그라시아노 날 테지. 자라서 사내가 된다면.

네리사 나겠지, 여자가 사내가 된다면.   160

그라시아노 이 손에 걸고 말하지만, 정말 그 젊은이에게 주었다니까.

아니 애송이, 아주 자그마한 소년에게.

당신보다도 크지 않은 판사 서기인

그 수다쟁이 꼬마가 사례비로 그 반지를 달라 애걸하는데

차마 그 청을 거절할 수 없었소.   165

포샤 당신 잘못이에요. 솔직히 말해야 하겠어요.

아내의 첫 선물을 그렇게 경솔하게 내주시다니

맹세까지 하고 손가락에 낀 물건이고,

신의로서 당신 몸에 못 박아 놓은 것인데요.

저도 남편에게 반지 하나를 주었고 절대로   170

빼지 않겠다는 맹세를 받아냈지요. 그이가 여기 서 계시지만,

제가 감히 그이 대신 맹세할 수도 있죠.

세상의 온갖 재물을 다 준다 해도 그인 반지를 버리지도

손가락에서 빼지도 않을 것이라고. 저, 그라시아노, 정말이지

매정하게도 부인에게 슬픔을 안겨주셨어요.   175

저에게 그런 일이 생긴다면, 저는 미쳐버릴 거예요.

밧사니오 [방백] 세상에, 차라리 이 왼손을 자르는 게 낫겠다.

그럼 반지를 뺏기지 않으려하다가 손이 잘려 잃어버렸다고 맹세

할 수 있을 텐데.

그라시아노 밧사니오 경도 달라고 졸라대는 판사에게

180 반지를 줘버리셨는걸요. 그런데, 사실

그럴 만 했어요. 그런데 기록하느라 수고한

판사의 어린 서기도 제 반지를 달라고 애원하지 않겠어요.

서기도 그 주인 판사도 둘 다

반지 이외엔 아무것도 받지 않겠다는 거예요.

포샤 어떤 반지를 주신 건가요, 서방님?

185 설마 제게서 받은 반지는 아니겠지요?

밧사니오 잘못에다 거짓말까지 덧붙일 수 있다면,

잡아떼겠지만, 당신이 보는 대로 내 손가락엔 [손을 든다.]

그 반지가 없소. 사라졌소.

포샤 당신의 거짓에 찬 마음속 진실도 그처럼 텅 비었군요.

190 맹세코, 그 반지를 볼 때까지는

당신 침대에 가지 않겠어요!

네리사 [그라시아노에게] 저도 제 반지를

다시 볼 때까지는 당신 침대에 절대로 안 가요!

밧사니오 사랑하는 포샤,

내가 누구에게 그 반지를 주었는지,

내가 누구를 위해 그 반지를 주었는지 안다면,

내가 무엇 때문에 그 반지를 주었으며,   195

그 반지 이외에는 아무 것도 받지 않겠다고 했을 때

내가 얼마나 내키지 않은 마음으로 그 반지를 줬는지를 이해한다면,

당신의 노여움이 조금은 풀어질 것이오.

포샤 당신이 그 반지의 가치를 알았더라면,

그 반지를 준 여자의 가치를 반만이라도 알았더라면,   200

그 반지를 간직하는 것이 당신의 명예를 위한 것임을 알았더라면,

당신은 그 반지를 순순히 내주지 않았을 거예요.

당신만 간절한 마음으로 지키고자 하고

열정 가득한 말로 거절했더라면, 그 앞에서 어느 누가

결혼 기념으로 간직하고 있는 물건을 달라고 우길 만큼   205

정도를 벗어난 행동을 할 것이며 그토록 몰지각 할 수 있었겠어요?

네리사가 가르쳐 주네요. 무엇을 믿어야 할지 —

목숨 걸고 말하건대, 어떤 여자가 반지를 가진 게 분명해요!

밧사니오 내 명예와 영혼에 걸고 맹세컨대, 아니요, 부인!

반지는 여자가 아니라, 예의바른 법학박사[93]가 가져간 것이오.   210

그분은 내가 제안하는 3천 더컷을 굳이 사양하고

반지를 달라 청했소. 물론 난 그 청을 거절했는데,

그러자 그분이 불쾌한 듯 자리를 떴소 —

내 소중한 친구의 목숨을 구해준 분이셨는데 말이오.

사랑하는 부인, 내가 어떻게 말하면 되겠소?   215

---

93. 예의바른 법학박사(a civil doctor): 민법을 다루는 박사라는 뜻인데, 'civil'에 '예의
  바른'의 뜻도 숨어 있으므로 두 의미를 모두 살려 번역했다.

어쩔 수 없이 사람을 시켜 뒤따라가 반지를 건네게 했던 것이오.

부끄러운 마음과 예의를 지켜야겠다는 생각이 엄습했고,

배은망덕으로 내 명예를 더럽히고 싶지 않았소.

날 용서해주시오, 너그러운 부인!

220   밤하늘을 밝혀주는 신성한 촛불인 별에 걸고 맹세하지만

당신이 그 자리에 있었더라면, 당신이 먼저 내 반지를 빼어

훌륭한 박사님께 드리라고 간청했을 것이오.

포샤   그 박사님을 우리 집 근처에 절대 오지 않게 하세요.

제가 아끼고, 당신이 저를 위해 간직하겠다고

225   맹세했던 그 보석을 그 박사님이 가지셨으니

저는 당신만큼이나 너그러워져 그에게 다 내줄지도 몰라요.

제가 가진 것이라면 무엇이든지,

제 몸이든 제 남편의 침대든 하나도 거절하지 않고요.

그분과 잘 통할 거예요. 틀림없이 그럴 거예요.

230   하룻밤도 집을 비우지 마세요. 아르고스[94]처럼

잘 지키지 않으시면, 제가 홀로 남게 된다면

아직은 제 것인 제 정조에 걸고 맹세컨대,

전 그 박사와 잠자리를 갖겠어요.

네리사   저는 그분의 서기와 갖겠어요. 그러니 조심하세요.

235   절 혼자 놔두셔서 제가 마음대로 행동하지 못하게 하셔야지요.

---

94. 아르고스(Argus): 오비드의 『변신』에 따르면, 백 개의 눈을 가진 전설적인 괴물.
주노가 남편 조브의 애인 이오(Io)를 감시할 때 고용한 바 있다. 포샤는 지금 자신
을 이오에 비유하고 있다.

그라시아노 좋소, 그러구려. 단 내 눈에 들키지 않게 해야 하오.

들키는 날엔 그 젊은 서기 놈의 펜[95]을 잘라놓고 말거니까.

안토니오 제가 바로 이 싸움을 일으키게 한 불행한 장본인입니다.

포샤 그런 걱정은 하지 마세요. 어쨌든, 참 잘 오셨습니다.

밧사니오 포샤, 부득이하게 저질렀던 잘못을 용서해 주시오.   240

여기 있는 많은 친구들이 듣는 데서

당신한테 맹세하오. 지금 나를 비추고 있는

당신의 아름다운 두 눈에 걸고서라도 —

포샤   여러분 저 말 좀 들어보세요!

제 두 눈 속에서 저이는 두 개의 자신을 본다는군요.

한 눈에 하나씩. 당신의 두 갈래 난 마음에 걸고 맹세하시구려.

그야말로 믿을만한 맹세군요!   245

밧사니오   아니오, 내 말을 들어보시구려.

이번 실수를 용서해 주시오. 내 영혼에 걸고 맹세하니,

무슨 일이 있어도 당신과 한 맹세를 다시는 깨지 않을 거요.

안토니오 저는 한때 이 친구의 행복을 위해 제 몸을 빌려준 적이 있었지만,[96]

부인 남편의 반지를 가져간 그 사람이 아니었다면   250

제 몸은 벌써 잘못되었을 겁니다. 감히 제가 다시 한 번

제 영혼을 저당 잡아 약속드리겠습니다.

남편께선 더 이상 고의적으로 맹세를 깨지 않을 겁니다.

---

95. 펜(pen): 서기가 사용하는 펜의 의미도 있으나 페니스(penis)의 의미도 함축한다.

96. 이 말에는 살 1파운드 이야기 이외에 밧사니오와 동성애 관계를 맺었다는 암묵적
의미도 숨어 있다.

포샤 그럼 제 남편의 보증인이 되어주세요. 이걸 저이에게 주시고,

[밧사니오에게 반지를 건넨다.]

255   이전 것보다 더 소중하게 간직하라고 말씀해 주세요.

안토니오 이걸 받게, 밧사니오 경. 이 반지를 간직하겠다고 맹세하게.

밧사니오 세상에, 이건 내가 박사에게 준 반지잖아!

포샤 제가 그분에게서 그걸 받았어요. 용서해 주세요, 서방님.

이 반지 때문에 박사님과 어제 밤 동침했어요.

260 **네리사** 관대한 그라시아노, 당신도 용서해 주세요.

저도 반지에 대한 보답으로 [그라시아노에게 반지를 보이면서]

박사의 서기인 자그마한 소년과 어젯밤 동침했어요.

그라시아노 거 참, 이거야말로 한여름에

멀쩡한 길을 고치는 격이군!⁹⁷

265   아니, 우리가 잘못한 것도 없이 오쟁이지게 된 겁니까!

포샤 그런 천박한 말은 삼가주세요. 모두 놀라셨을 거예요.

여기 있는 편지를 시간 나시는 대로 읽어보세요.

파두아의 벨라리오 씨가 보낸 편지예요.

읽어보시면 포샤가 바로 박사이고,

270   저쪽 네리사는 서기란 걸 알게 되실 거예요.

여기 서있는 로렌조가 증언해 주시겠지만,

당신들이 떠나자마자 저도 출발했다가

지금 막 돌아왔어요. 전 아직 집안에 들어가지도 못했어요.

---

97. 길은 날씨가 좋지 않은 겨울에 고치게 되어 있고 여름엔 고칠 필요가 없어서 생긴 속담이다.

안토니오, 잘 오셨어요.

생각지도 못했던 희소식이 와 있어요. 어서 이 편지를 뜯어보세요. 275

[안토니오에게 편지를 건넨다.]

당신의 상선 세 척이 뜻밖에도

재화를 가득 싣고 귀항했다는 사실을 아시게 될 거예요.

이 편지가 어떻게 묘한 우연으로 제 손에

들어오게 되었는지에 대해선 말씀드리지 않겠어요.

안토니오   무어라 할 말이 없습니다.

밧사니오 [포사에게] 당신이 박사인데, 내가 몰라보았단 말인가?   280

그라시아노 [네리사에게] 당신이 나를 오쟁이 지게 만든 서기였더란 말인가?

네리사 그래요. 하지만 자라서 남자가 되면 모를까,

그 서기는 남편을 오쟁이 지게 할 의도가 결코 없었답니다.

밧사니오 [포사에게] 사랑스러운 박사님, 저와 잠자리 친구가 되어 주시지요 —

제가 집을 비우면, 제 아내와 동침하시구요.   285

안토니오 아름다운 부인, 당신이 제 목숨은 물론 생계 수단까지 구해주

셨습니다.

여기 편지에 제 상선들이

무사히 귀항했다고 분명히 적혀 있습니다.

포샤   자, 자, 로렌조는?

제 서기가 당신에게도 위로가 될 좋은 소식을 가져왔어요.

네리사 그래요. 수고비도 받지 않고 드릴게요.   290

자 당신과 제시카에게 드립니다.

[서류를 로렌조에게 건넨다.]

부유한 유대인에게서 받은 특별 증여증서인데,

사후에 소유물 일체를 두 분께 양도한다는 내용을 담고 있어요.

로렌조 아름다운 두 부인께서 굶주린 백성들이 지나는 길에

만나[98]를 내려주시는군요.

295 **포샤**   벌써 새벽이 밝아오나 봐요.

이번 일들에 대한 여러분의 궁금증이 아직

완전히 풀리지 않으신 듯해요. 안으로 들어가셔서,

궁금한 것들에 대해 저희들을 심문해보세요.

궁금증이 남지 않도록 전부 숨김없이 답변해 드리겠어요.

300 **그라시아노** 그렇게 해요. 네리사가 맹세하고 답변할 첫 번째 심문은

내일 밤까지 기다릴 것이냐, 아니면 아직 동틀 때까지 두 시간이

남았으니 지금 당장 잠자리에 들 것이냐에 관한 것이지요.

허나 날이 밝는다 해도, 그냥 깜깜했으면 좋겠습니다.

그럼 박사님의 서기를 껴안고 잘 수 있으련만.

305 어�째든, 앞으로 평생 동안 네리사의 반지를

안전하게 간수해야 한다는 고통스러운 걱정 말고는

내게 다른 걱정은 없을 것 같습니다.

모두 퇴장

―끝―

---

98. 이집트를 탈출한 이스라엘 백성들이 광야에서 굶주릴 때 하느님이 내려준 빵. 「출
애굽기」 16장 15절 참고

작품설명

1. 집필 년도, 텍스트, 원전*

『베니스의 상인』에 대한 최초 기록은 1598년 7월 22일 런던의 서적 출판조합 기록부에서 찾을 수 있다. 또한 이 극에 대한 최초의 언급이 프랜시스 미어즈(Francis Meres)가 1598년 9월 탈고한 『지혜의 보고』(*Palladis Tamia: Wit's Treasury*)에서 발견된다. 따라서 이 극은 최소 1598년 7월 이전에 집필된 것이라고 추정할 수 있다. 그러나 이 극의 명확한 집필연대에 대해서는 학자들마다 의견이 분분하다. 일부 학자들은 셰익스피어가 1594년 엘리자베스 여왕을 독살하려 했던 대역죄로 재판을 받고 교수형을 당한 유대인 로더리고 로페즈(Roderigo Lopoez)의 처형을 염두에 두고 1594년경에 집필했다고 주장하고, 일부 학자들은 살레리오가 언급한 앤드류 호가 모래 속에 좌초하는 상황을 1596년 에섹

---

* 이 부분은 아든(Arden) 편집본 서문, 뉴 캠브릿지(New Cambridge) 편집본 서문, 앤 바튼(Ann Barton)이 쓴 리버사이드(Riverside) 편집본 서문, 이경식의 해설을 참조해 작성했다.

스(Essex) 백작이 지휘하던 영국 해군이 좌초된 스페인의 세인트 앤드류 호를 포획한 사건을 암시한다고 보고 1596년 8월 이후 집필했을 것이라 추정한다. 그러나 최근 이 극의 문체를 근거로 집필연대를 1596년에서 1597년 사이로 보는 의견이 점차 늘어나고 있다.

제임스 로버츠(James Roberts)의 이름으로 등재되었던 1598년 서적 출판조합 기록은 출판할 수 없다는 조건이 붙어 있었다. 그래서인지 이 극의 첫 출판은 1600년 10월 28일 출판인 토머스 헤이즈(Thomas Hayes)가 판권을 양도받아 서적출판조합에 두 번째 등록 후 출판했던 제 1사절판(Quarto 1)을 통해서 이루어졌다. 이 책은 표지에 '베니스 상인 의 가장 뛰어난 이야기'라는 큰 제목을 넣었고, 그 밑에 '상기 상인에 대 하여 유대인 샤일록이 보여준 극도의 잔인성과 세 상자 중 하나를 택해 포샤를 얻는 이야기'라는 부제를 달았다. 그러나 이 책 본문의 첫 페이지 에는 제목을 '베니스 상인의 희극적 이야기'로 변경해 표기했다. 1619년 윌리엄 재거드(William Jaggard)가 로버츠의 인쇄소를 인수하고 그해 이 작품의 제2사절판(Quarto 2)을 출판했다. 그러나 재거드는 표지에 출판 년도를 1600년도로 인쇄인을 제임스 로버츠로 표시했으며, 이는 이 제2 사절판이 해적판임을 말해준다. 1623년 제1이절판(Folio 1)으로 나온 셰 익스피어의 첫 전집은 이 극을 희극 편에 수록할 때 일반적으로 정확하 고 믿을만하다고 여겨진 제1사절판을 원본으로 삼았다. 다만 일부 무대 지시문을 추가하고 당시 사용된 무대본과 대조를 거쳐 몇 군데 실수들을 수정했다.

『베니스의 상인』의 플롯은 전래되어 오는 두 가지 민간 설화를 바탕으로 한다. 갚지 못한 빚을 살 1파운드로 대신하려다 실패한 잔인한 채권자 이야기는 원래 동양에서 유래된 것으로, 중세 초기에 이르면 유럽 전역에 널리 알려지게 되었다. 그러나 셰익스피어가 직접 원전으로 삼은 살 1파운드 설화는 14세기 말에 쓰여 지고 1559년 밀라노에서 출판된 세르 조반니(Ser Giovanni Fiorentino)의 산문집 『얼간이』(Il Pecorone)이다. 상인을 구하기 위해 상인의 친구 부인이 법관으로 변장하고 상인에게 유리한 판결을 내린 후 대가로 반지를 요구하는 이야기도 이 『얼간이』에서 유래한다. 그런데 이 책의 영어판이 존재했었다는 기록이 없기 때문에 오늘날 학자들은 셰익스피어가 이탈리아어에 능통하여 이 산문집을 직접 읽었거나, 『얼간이』에 나온 이 설화를 기초로 쓴 『유대인』(The Jew)이란 작자불명의 작품을 참고했을 것이라 짐작한다. 『유대인』이란 작품은 유실되었지만, 후자의 가능성을 주장하는 학자들은 1579년 스티븐 고슨(Stephen Gosson)이 『악용의 분석』(The Anatomy of Abuses)에서 이 작품에 대해 "가리지 않고 세상 것 뭐든지 가로채는 탐욕과 고리대금업자들의 피 비린내 나는 삶의 방식"을 보여주었다고 논평한 것을 그 증거로 내세운다. 두 번째 민간설화인 세 상자 이야기도 14세기 보카치오(Boccaccio)와 가우어(Gower)가 작품 소재로 채택하기 오래 전부터 널리 알려진 이야기였다. 이 전통 설화를 벨몬트의 사랑 시험 이야기로 재구성할 때 셰익스피어가 직접 참조한 책은 아마도 1577년 영어로 번역된 중세의 작품 『게스터 로마노룸』(Gesta Romanorum)일 것이라는 것이 학자들의 일반적 추정이다.

기독교로 개종하지 않은 유대인은 셰익스피어가 이 극을 쓰고 있을 무렵부터 약 300여 년 전인 에드워드 1세(Edward I) 때부터 영국에서 공식 추방되었다. 그러나 유대인은 영국 일반 대중들의 상상 속에 반기독교적인 악인으로 각인되어 있었다. 게다가 앞서 설명한 대로 1594년 이후 여왕 암살과 연루된 유대인 로페즈 사건으로 유대인의 악명은 영국에서 더욱 드높아지게 되었다. 1589년 경 처음 무대에 올려 졌던 크리스토퍼 말로우(Christopher Marlowe, 1564-1593)의 비극『몰타의 유대인』(The Jew of Malta)이 로페즈 사건으로 촉발된 대중의 관심을 사로잡기 위해 이 시점에(1594년에서 1596년 사이) 재공연되고 큰 인기를 얻었다는 점은 당시 영국인들의 반유대주의를 입증한다. 셰익스피어로 하여금『베니스의 상인』을 쓰게 했던 첫 자극제는 로페즈 사건일 가능성이 높다. 그러나 셰익스피어에게 더 큰 영향을 끼쳤던 것은 동료 극작가 말로우의『몰타의 유대인』이었을 것이다. 유대인 샤일록과 제시카 이야기가 말로우의 극에 마키아벨리적 악한으로 재현된 유대인 바라바스(Barabas)와 그의 외동딸 아비게일(Abigail) 이야기와 매우 유사하다는 점이 이 점을 뒷받침한다.

2. 공연과 영화*

이 극의 제목에 유대인이 아니라 상인이 언급되고 제1이절판 편집자들은 이 극을 희극으로 분류했다. 그럼에도 불구하고 다른 인물들에 비해 몇 장면 나오지 않고 희극 정신에서 벗어난 유대인 샤일록이 무대에서 줄곧 주목을 받아 왔다. 샤일록에 대한 관심은 체임벌린 극단(Chamberlain's

---

* 이 부분은 주로 RSC 편집본 부록에 수록된 공연사와 뉴 캠브릿지(New Cambridge) 편집본 서문을 참고하여 정리했다.

Men) 주연 배우였던 리차드 버비지(Richard Burbage)가 샤일록 역을 연기하면서부터 시작되었다. 버비지는 『몰타의 유대인』의 바라바스 역을 맡았던 에드워드 알렌(Edward Alleyn)의 영향을 받아 샤일록을 열정적으로 연기해 주목을 받았을 것이라 추정된다.

1741년 찰스 맥클린(Charles Macklin)은 샤일록을 진지하게 다룬 최초의 배우가 되었다. 1814년 에드먼드 킨(Edmund Kean)은 낭만주의적 관점에서 샤일록을 비극적 인물로 재해석하여 관객들이 샤일록에게 동정과 연민을 느끼게 했다. 헨리 어빙(Henry Irving)의 공연은 1879년부터 1905년까지 런던과 미국에서 수천 회 이루어졌는데, 어빙의 샤일록은 맥클린과 킨의 전통을 이어 비극적 주인공으로서의 샤일록 이미지를 무대에 정착시켰다. 한편 1897년 윌리엄 포엘(William Poel)은 샤일록을 탐욕의 화신이라는 유형적 인물로 다시 희극화시켰다.

20세기 초반 유럽에서 벌어진 제2차 세계대전과 홀로코스트(Holocaust, 1930-40년대 나치에 의한 유대인 대학살)는 이 극에 피할 수 없는 오명을 씌웠다. 특히 독일에서는 이 극이 나치의 선전도구로 이용될 수 있다는 믿음 때문에 1927년 이후 30년간 한 번도 공연된 적이 없었다. 전쟁전이나 이후에도 이 극의 공연은 정치적 논쟁거리였다. 1943년 비엔나에선 강렬한 반유대주의적 해석으로 무대화되었다면, 유대인 배우가 히브리어로 공연했던 1936년 텔아비브(Tel Aviv) 공연에선 민족주의적 페이소스를 불러일으키는 촉매가 되었다. 그런데 이 민족주의적 텔아비브 공연조차도 셰익스피어를 반유대주의자로 공공연히 비난하는 격렬한 저항과 마주쳤다.

미국에서도 홀로코스트의 영향을 받아 20세기 초반 이 극은 거의 공연이 되지 못했다. 그러나 1953년 이후부터는 이 극은 인종적 평등이라는 미국적 이상을 재확인해주는 극으로 재평가되어 정기적으로 무대에 올랐다. 특히 1963년 조지 타보리(George Tabori)는 극중극을 도입해 이 극을 유대인 수용소 수감자의 나치 간수들에 대한 분노를 표출하는 극으로 각색해 호응을 얻었다. 20세기 후반 미국에서 대중의 가장 높은 관심을 받았던 샤일록 배우는 더스틴 호프만(Dustin Hoffman)이었다. 그는 1989년 피터 홀(Peter Hall) 연출 공연에서 런던 초연이후, 워싱턴과 뉴욕으로 옮겨 무대에 섰다. 호프만이라는 배우의 존재 때문에 런던 웨스트엔드(West End) 박스 오피스는 이 극으로 최고의 흥행기록을 세웠지만, 홀의 해석은 통찰력이 부족했다는 평을 받았다. 1994년 피터 셸러(Peter Sellar) 연출의 시카고 공연에서는 캘리포니아 주 베니스 해변을 배경으로, 여러 인종의 배우들을 출연시켰다. 그러나 4시간 동안 이어진 이 공연은 여러 장점들에도 불구하고 대중들의 인기는 얻지 못했다.

스트랫포드 어펀 에이본(Stratford-upon-Avon)에서 이 극은 20세기 초반부터 인기를 얻었다. 1932년 배우-경영으로 움직이던 공연 전통을 끊었던 연출가 데오도르 코미자르에브스키(Theodore Komisarjevsky)와 존 길구드(John Gielgud)의 무대 이후 1935년 이덴 페인(Iden Payne)이 연출한 공연이 1935년과 1942년 사이 자주 무대에 올랐다. 1953년 데니스 카레이(Dennis Carey) 연출 무대는 샤일록 역의 마이클 레드그라브(Michael Redgrave)와 포샤 역의 페기 아쉬크로푸트(Peggy Ashcroft) 같은 스타 배우들이 지배했는데, 이 무대는 비평가들의 호평을 얻었다.

런던국립극장은 20세기 후반 비평가들의 호평을 받은 공연을 두 번 올렸다. 그 첫 번째는 1970년 조나단 밀러(Jonathan Miller)가, 두 번째는 1999년 트레보 넌(Trevor Nunn)이 연출한 작품이었다. 이후 TV용으로 영상화된 이 두 공연 모두 위엄과 품위를 갖춘 샤일록이 자본주의적 상업 문화에 동화되어가는 모습을 담았다. 이 두 공연에서 유대인식 모자만 빼고 샤일록은 베니스 사회 구성원들과 유사한 차림을 했는데, 바로 이 점이 베니스 사회에서 샤일록이 차지하는 이방인으로서의 미묘한 위치를 탐구하도록 이끌었다. 특히 밀러와 넌 두 연출가는 인종적 편견이라는 교활함을 비판적 시각으로 바라보게 하기 위해 비교적 현대에 가까운 과거를 배경으로 삼았다(밀러는 19세기 후반을, 넌은 1930년대를 배경으로 설정했다). 또한 두 연출가 모두 제시카를 5막의 조화를 깨는 우울한 혹은 불만족스러운 인물로 제시함으로써, 은밀히 폭력을 숨기고 있는 문화에 경고의 메시지를 전했다.

셰익스피어의 유대인 샤일록은 엘리자베스 시대의 반유대주의적 스테레오타입에 기초했다. 그래서 연출가들은 '인종주의자의 오명을 피하기 위해 셰익스피어 원전을 왜곡해야 되는가?' 아니면 '인종주의적 시각을 무릅쓰고라도 셰익스피어 원전을 그대로 살려야 하는가?'의 문제를 두고 고민해 왔다. 샤일록을 연기하는 배우들에게도 샤일록의 유대적 특징을 강조할 것인지 말 것인지가 가장 큰 어려움이 되었다. 일례로 1978년 패트릭 스튜어트(Patrick Stewart)는 의도적으로 샤일록의 유대성을 약화시키고 샤일록을 돈에 눈이 먼 인물로 구현해 냈다. 한편 빌 알렉산더의 1987년 공연에서 샤일록 역을 맡은 앤소니 쉐르(Anthony Sher)는 샤일록을 터키에 사는 유대인으로 설정하여 그의 이국적 특성을 강조하고, 인종주의 주제를 확장했다.

샤일록의 인종 문제가 아니라 가정적 측면을 탐구하는 공연도 꽤 등장했다. 예를 들면 그레고리 도란(Gregory Doran)의 1997년 공연에서 샤일록을 연기했던 필립 보스(Philip Voss)는 홀아비 샤일록이 제시카에게 보여준 엄격한 태도를 이해하고자 노력하고 딸을 잃은 아버지의 아픔을 강조했다. 1993년 데이비드 세커(David Thacker)의 현대적 의상 공연은 샤일록이 자신의 죽은 부인 사진을 바라보는 장면을 추가함으로써 고독하고 슬픈 샤일록에 대한 관객의 동정심을 불러일으켰다.

샤일록 이외의 인물들은 샤일록만큼의 관심을 받지 못했다. 그래도 존 바튼(John Barton)이 연출한 공연에서 1981년 시네드 쿠싹(Sinead Cusack)이 연기한 포샤는 돋보였다. 이 공연에서 포샤는 아버지의 죽음을 애도하는 여성으로, 또 샤일록을 구원하고자 하는 진정으로 자비로운 인물로 재해석되었다. 데이비드 세커의 1993년 공연에서 페니 다우니(Penny Downie)도 포샤를 샤일록에게 동정적인 인물로 재현했다. 이후 포샤를 연기하는 배우들은 사랑과 자비 정신을 구현한 인물로 포샤를 제시하는 데 큰 어려움을 겪으며 그녀를 베니스 남성들에 의해 억압받는 여성으로 설정하곤 했다. 포샤를 포함한 여성들의 희생적 측면을 강조한 공연으로 가장 눈에 띄는 공연은 여성 연출가 데보라 핀들레이(Deborah Findlay)의 무대였다. 이 무대에서 특히 제시카는 기독교 남성들로부터 이중의 억압을 억압받는 것으로 재현되었다.

최근 공연에서 이 극은 자주 남성 섹슈얼리티를 탐구하는 극으로 해석되었다. 안토니오의 우울증을 밧사니오에 대한 보상받지 못한 사랑 때문으로 해석하는 관점과, 동성애적 성적 취향 때문에 안토니오가 샤일록만큼이나 베니스 사회에서 이방인으로 살고 있다고 보는 시각이 점차 증가했다. 일례로, 빌 알렉산더가 올린 1987년 RSC 공연은 이 동성애 성향을 대부분의 베니스 인물들에게까지 확장시켰다. 넌의 1999년 공연에서도 안토니오의 우울증이 억압된 밧사니오에 대한 성적 열망에 기인하는 것으로 해석되었다. 2008년 에드워드 홀(Edward Hall)은 남성만으로 이루어진 극단과 함께 이 극의 배경을 가상의 베니스 감옥으로 설정하고, 여성인물들을 드랙 퀸(drag queen, 여장 남자)으로 재창조했다.

이 극의 민감한 주제에도 불구하고 2004년 마이클 레드포드(Michael Radford) 감독이 샤일록 역의 알 파치노(Al Pacino), 안토니오 역의 제레미 아이언스(Jeremy Irons), 밧사니오 역의 조세프 피네스(Joseph Fiennes)와 같은 대형 배우들과 함께 이 극을 영화화 했다. 이 영화는 베니스의 유대인들이 편협한 기독교인들에 의해 학대받는 장면의 삽입과 함께 기독교인들에 대한 비판적 시각을 견지했다. 하지만 안토니오와 밧사니오가 플라톤적 우정 관계를 맺고 있다고 본 점에서는 이 둘을 동성애 관계로 파악하는 최근 비평가들의 경향과는 다른 해석을 제시했다.

3. 복수 혹은 윤리적 매개체로서의 돈*

무대가 샤일록에 열광한 만큼 교실과 연구실도 다른 어떤 인물들보

---

* 이 부분은 역자의 졸고, 「『베니스의 상인』(The Merchant of Venice)에 나타난 등가 교환의 윤리」를 축약, 수정하여 수록한 것이다.

다 샤일록에게 과도한 관심을 보여주었다. 그러나 1980년대 이후 자본주의의 제 문제들이 첨예화되고 유물론적 비평 방식이 등장함에 따라, 차츰 비평가들은 이 극을 경제적인 극으로 정의하는 데 어느 정도 의견의 일치를 보게 되었다. 그런데 이 극에서 울려 퍼지는 동전의 땡그랑 소리는 단순히 경제적 차원에만 머물지 않는다. 이 극에서 돈은 교환을 반복하면서 복수의 도구이자 윤리적 매개체의 역할을 수행한다.

이 극의 배경이 되는 베니스는 국제무역의 중심지로서 빚과 신용 거래가 일상화되어 있고 상품뿐만 아니라 인간적인 모든 것들이 돈의 척도로 평가되는 셰익스피어 시대 자본주의 도시의 전형이다. 이 도시의 경제를 움직이는 두 축은 안토니오와 샤일록이다. 안토니오가 위험부담이 크지만 엄청난 부를 안겨주는 해외 무역업자라면, 샤일록은 고리대금업을 통해 엄청난 부를 축적하는 금융업자이다. 베니스 경제의 승패는 이두 경제인, 즉 국제무역상과 금융업자의 상부상조에 놓여 있다. 그런데이 두 경제인은 상부상조는커녕 치열하게 싸운다. 이 두 사람 간 반목의 기저에는 두 사람 사이의 돈벌이에 대한 첨예한 개념 대립이 놓여 있다. 이 갈등을 단적으로 보여주는 것이 구약성서에 등장하는 야곱이 삼촌 라반의 집에서 부자가 된 이야기를 두고 벌어진 경제 토론이다. 야곱 이야기를 자신의 입장에서 다시 풀어쓰면서 샤일록은 '이자' 취득의 정당성을 옹호한다. 이에 반해 안토니오는 같은 이야기를 '모험' 이론으로 재해석한다. 샤일록은 자신의 고리대금업을 라반의 집에서 양치기 할 때 야곱이 암양과 수양을 술수를 써서 교배시킨 후 태어난 얼룩무늬의 양을 모두 자신의 품삯으로 취했던 것에 비유한다(「창세기」 30장 참조). 샤일록에 따르면, 법을 지키는 한 돈을 어디서 어떻게 벌었는지 또 어떤 술수로 이윤을 취했는지는 중요하지 않다. 반면 안토니오는 야곱의 돈벌이를 야곱 자신이 아니라 하늘의 뜻에 맡기고 시작했던 모험으로 해석한다. 샤일록이 '이자' 취득을 통한 철저하게 계산된 안전한 재물 축적의 경제학을 옹호한다면, 안토니오는 계산하지 않고 운에 모든 것을 거는 위험한 투자 경제학을 지지한다. 두 사람 모두 상대방 이론을 도저히 받아들일 수 없다.

안토니오의 '모험' 이론과 샤일록의 '이자' 이론은 안토니오와 샤일록의 직업을 설명하는 정확한 근거는 제공하지만, 안토니오와 샤일록의 실제 경제 활동을 적합하게 설명하지는 못한다. 먼저 안토니오를 살펴보자. 그는 야곱의 이야기를 통해 자신의 무역업을 하늘에 그 성패를 맡기는 모험이라고 정의내리고 있지만, 실제 그는 미리 기획한 장기적 투자 계획과 분산 투자 전략으로 해외 투자의 리스크를 상당 부분 줄이고 있다. 안토니오의 해외 투자에는 주변사람들이 걱정하는 만큼의 큰 리스크가 없으며, 이는 그의 모험이 진정한 의미의 '모험' 투자가 아니라는 의미로 해석된다. 또한 안토니오가 한 번의 투자로 3천 더컷의 9배 정도에 이르는 막대한 재산을 버는 재력가라는 점을 감안하면, 그가 이자를 받지 않고 돈을 빌려주는 일의 의미가 어느 정도 축소될 수 있다. 더구나 이자를 받지 않음으로써 그가 사회에서 샤일록의 고리대금으로 고생하는 많은 사람들을 구해준 '관대하고 자비로운 사람'이라는 좋은 평판을 얻고, 더 나아가 밧사니오와 같은 귀족과 우정을 맺고 사회적 신분상승의 기회마저 확보했다는 점까지 고려한다면, 무이자로 돈을 빌려주는 안토니오의 '착한 부자' 이미지는 상당 부분 퇴색될 수 있다.

안토니오가 자신의 투자를 모험이라고 본 것과 이자를 받고 고리대 금업을 하는 샤일록에 반대하는 것은 그의 기독교 신앙과 긴밀한 연관 관계가 있다. 모든 것을 하느님의 뜻에 맡기는 모험 정신은 하느님의 뜻에 복종하는 기독교 정신과 부합한다. 그러나 기독교가 요청하는 이타적 덕목과 막대한 '이익' 창출을 목표로 하는 해외 무역 사이에는 엄청난 차이가 있다. 사실 안토니오는 이 두 가지 가치 사이에서 균형을 잃는다. 즉 그는 '이타적'이 되라고 명하는 기독교와 '이득'을 취하라고 설득하는 무역 사이에 불안하게 서있다.

안토니오는 이 둘 사이에서 균형을 찾고자 노력하는 가운데 우정을 지갑으로 표출한다. 그러나 베니스에서 지속적으로 이 균형을 유지하고 살기가 어렵고 계급 격차를 뛰어넘어 이 균형을 잡기는 더욱 힘들다. 샤일록의 지적대로, 그 또한 다른 기독교인들처럼 노예들을 사들여 고역을 시키고 있으며, 그들에게 인간다운 대접을 해주지 못하고 있다. 처음 등장하면서부터 안토니오가 우울한 이유는 그가 바로 이 두 영역 간의 가치관 충돌을 해결하지 못했기 때문이다. 그는 친구들의 지적대로 투자 문제나 사랑 문제 때문이 아니라, 이타성을 강조하는 기독교 교리와 개인적 이윤 추구의 목적을 지닌 직업 사이의 큰 괴리 때문에 우울하다고 볼 수 있다. 안토니오는 기독교 교리와 부르주아 삶 간의 괴리 때문에 우울해 하는 소극적 단계를 넘어선다. 기독교와 자본주의 사이의 괴리는 그를 이율배반적인 행동으로까지 이끌고, 이에 따라 그의 감정도 우울에서 분노로 이동한다. 즉 그는 기독교인들에게는 한 없이 관대하지만 샤일록에게는 원수를 사랑하라는 기독교 교리를 잊은 채 온갖 모욕의 말을 퍼붓는다. 이러한 안토니오의 분노 표출은 샤일록의 인격을 파괴하고, 사업적으로도 샤일록에게 막대한 손해를 끼친다.

안토니오가 자신의 경제 이론과는 사뭇 다른 경제적 행동을 보여주었다면, 샤일록의 경우는 어떠한가? 샤일록은 안토니오와 그 주변 기독교인들이 지적하듯이 돈이라는 목적을 위해 가족과 친구는 물론 모든 것을 도구화하는 사람일까? 제시카가 보석을 가지고 도망간 것을 알고 한 길에서 소리치는 것을 토대로 샤일록이 딸보다 돈을 중시 여긴다고 볼 수도 있다. 그러나 이는 샤일록 대사의 전체 맥락을 보지 못하고 부분만을 보는 잘못된 해석이다. 어쩌면 샤일록의 고리대금업이 기독교인들의 위선적 경제 활동보다 차라리 나으며, 이방인 샤일록에게 고리대금업은 물질적, 사회적 생존을 보장하고 나아가 최소한의 권력을 얻는 유일한 방법이었을 것이라 이해할 수도 있다. 그는 안토니오의 말처럼 친구를 이용해 돈을 버는 '개'가 아닐 뿐더러, 그 어떤 인간적인 감정도 없는 사람이 아닐 수 있다. 말하자면 샤일록은 안토니오와 똑같은 경제인이다. 안토니오가 자비로운 경제인으로 부각되지만 그 역시 이득을 챙기는 경제인임이 드러나는 것처럼, 샤일록은 악독한 경제인이라는 표상 뒤에 인간적인 측면을 감추고 있다. 그는 이자 놀이로 부자가 된 사람이긴 하지만 이 극에서 가장 경제적 동기가 미약한 인물이다. 또한 감정이 없기는 커녕 감정이 넘쳐나는 사람이며 그에게 감정이 돈보다 훨씬 더 중요하다. 이 점은 도망친 제시카가 훔친 반지를 원숭이와 바꿨다는 소식을 들었을 때 샤일록이 부인 레아를 기억하고 애통해할 때 분명히 드러난다.

돈을 우상으로 삼고 살 것이라 예측되는 샤일록은 이상하게도 이 극에서 돈 버는 일에는 전혀 관심이 없다. 그는 돈보다는 감정, 즉 안토니오에 대한 복수심에 사로잡혀 있다.

그러나 샤일록의 복수는 합법적으로 돈을 매개로 시작된다. 샤일록은 채무관계를 이용해 합법적 절차와 교환의 법칙을 따라 복수를 실행하기로 결정한다. 이는 영문도 모르는 내면의 분열 속에서 샤일록에게 감정적인 인신공격을 가했던 안토니오의 경우와 정반대 행동이라 할 수 있다. 샤일록은 '이에는 이, 눈에는 눈'의 법칙으로 자신이 안토니오로부터 받은 고통을 그대로 안토니오에게 되갚고자 한다. 그는 외면적으로는 친절한 합법적 방식에 의존하되, 그 안에 술수를 도입하는 야곱의 전술을 차용한다. 즉 안토니오에게 이자를 받지 않고 돈을 빌려주되, 갚지 못할 경우 안토니오의 몸에서 1파운드의 살을 떼어 내는 증서를 체결한다.

그런데 외면적으로 드러나는 것처럼 샤일록은 안토니오와 돈을 주고받는 관계를 맺은 것이 아니라 합법적으로 고통을 주고받는 복수의 교환 체계에 들어간 셈이다. 이로써 샤일록은 자신의 '이자' 이론을 포기하고, 안토니오의 '모험'이론을 신봉하게 된다. 샤일록과 안토니오 둘 다 운명을 하늘에 거는 똑같은 입장에서 3천 더컷의 돈과 살 1파운드를 상호 교환하고자 한다. 외견상 3천 더컷과 살 1파운드는 교환의 등가물이 될 수 없는 항목들이다. 이 두 항목들이 도저히 교환될 수 없다고 믿었던 안토니오는 샤일록이 이자를 받지 않고 돈을 꿔주는 자신과 비슷한 친절한 사람으로 바뀐 것이라고 오해한다. 안토니오는 증서를 교환하면서도 자신이 샤일록과 등가 교환을 하고 있다고 생각하지 않는다.

그러나 샤일록의 입장에서 3천 더컷과 안토니오의 살 1파운드의 교환은 모험이긴 하지만 충분히 교환될 수 있는 등가물이다. 왜냐하면 만약 그가 모험에 성공할 경우, 즉 안토니오가 파산하여 증서대로 그가 복수를 할 수 있게 될 경우, 샤일록에게는 '3천 더컷의 돈 = 안토니오의 살 1파운드'의 등식이 아니라 다음과 같은 등식이 성립되기 때문이다.

안토니오가 샤일록에게 부가한 고통 (+ 3천 더컷의 돈) =
(안토니오의 살 1파운드) =
안토니오의 고통과 죽음 = 샤일록의 쾌감

안토니오의 파산을 대비하는 거래이지만, 샤일록은 안토니오가 자신에게 준 고통에 대한 대가로 안토니오의 살 1파운드를 요청하는 것이며 이때 그가 손해 본 3천 더컷의 돈은 그에게 진짜 거래 항목이 아니다. 샤일록에게 3천 더컷의 돈은 안토니오를 자신에게 굴복시키는 기쁨을 누리게 해주는 숫자이며, 안토니오의 살 1파운드는 안토니오의 몸에 고통을 가함으로써 자신이 받은 고통을 보상하는 복수의 쾌감을 얻을 수 있는 매개체이다.

안토니오와 샤일록 중 첫 번째 행운을 얻는 자는 샤일록이다. 안토니오가 파산으로 빚을 기일 내에 갚을 수 없게 되자 샤일록이 안토니오로부터 받았던 고통을 법적으로 되갚을 때가 도래한 것이다. 게다가 여러 나라와의 무역에 바탕을 둔 베니스는 외국인들에게 내국인들과 똑같은 상업적 권리를 허용하고 있는 터라 도시의 번영을 위하여서라도 법을 집행하지 않을 수 없다. 재판이 개최되고 증서대로 법이 실행된다면, 안토니오는 3천 더컷의 빚에 대해 자신의 목숨을 등가물로 내놓아야 한다.

법의 위력과 샤일록의 잔인함 앞에서 안토니오는 체념하고 죽음을 대비한다. 안토니오가 살 수 있는 길은 법의 증서에 적힌 등가 교환을 단절시키는 길 밖에 없다. 그런데 누가 어떻게 이 교환의 등식을 깰 것인가? 그 역할을 자발적으로 맡겠다고 나선 이가 포샤다. 포샤는 왜 하필이 힘든 과업을 맡는 것일까? 이를 설명하기 위해선 먼저 사랑과 돈이라는 양 갈래 끈으로 묶여 있는 포샤 - 밧사니오 - 안토니오 공동체를 점검할 필요가 있다. 1) 상속녀 포샤는 밧사니오를 사랑한다. 2) 가난한 귀족 밧사니오는 포샤와 결혼하기 위해 안토니오에게 경비를 부탁한다. 3) 안토니오는 밧사니오를 위해 자신의 목숨을 담보로 샤일록으로부터 돈을 빌린다. 4) 안토니오의 도움으로 밧사니오는 포샤와 결혼함으로써 포샤의 모든 재물을 소유하게 되고, 이 경우 안토니오도 자신이 파산할 경우에도 밧사니오의 돈으로 샤일록의 빚을 갚을 수 있게 된다. 그런데 안토니오가 파산하자 샤일록이 안토니오의 돈을 받지 않고 증서대로 안토니의 살 1파운드를 베어내겠다는 것이다. 이 문제를 해결하지 않으면 1) 안토니오가 죽을 것이고, 2) 안토니오의 죽음은 밧사니오를 죄의식에 빠지게 만들 것이다. 3) 포샤는 행복한 결혼을 위해 남편 밧사니오가 평생 심리적 빚쟁이로 살지 않게 해야 하므로 안토니오를 반드시 구해야 한다. 4) 게다가 상인 안토니오의 막강한 경제력이 귀족 포샤의 상속 재산과 합쳐질 경우, 포샤와 안토니오는 공동으로 재산을 배가시킬 수 있기에 두 사람의 상부상조는 절실하다. 즉 포샤는 자신의 가정과 재산을 지키고 풍요롭게 만들기 위해서 안토니오를 구해야 한다.

포샤가 택한 안토니오 구출 작전의 일차 목적은 샤일록의 복수, 즉 고통의 등가 교환 방정식을 해체하는 일이다. 이를 위해 포샤는 샤일록이 그랬던 것처럼 적수의 방식을 그대로 차용한다. 샤일록의 법정 판결 주장에 법정 판결로 맞서고자 한다. 법관으로 위장한 포샤가 법정에서 샤일록의 교환 등식을 무력화시키는 전략은 두 가지다. 하나는 샤일록에게 자비를 호소하는 일이고, 다른 하나는 샤일록의 법 해석 방식을 철두철미하게 그대로 적용하는 일이다. 먼저 포샤는 샤일록에게 자비를 호소하는데, 이는 돈이 돈을 낳듯이 복수가 또 다른 복수를 낳는 복수의 등가 교환을 막을 수 있는 것은 자비뿐이라는 기독교 정신의 표현이다. 자비에 대한 호소가 샤일록에게 거부당하자, 포샤는 미리 준비해 둔 두 번째 방식을 곧 적용한다. 즉 그녀는 샤일록의 고통의 등가 교환 방정식을 깨기 위해서 바로 그 등가 방정식을 역이용한다.

자비에의 호소는 포샤가 택한 일종의 포석이었다. 또한 포샤가 처음부터 자비 정신이 아니라 법에 근거해 샤일록에게 반격을 가할 작정이었다는 것은, 밧사니오가 모든 것을 희생해서라도 안토니오를 구하겠다고 말할 때 법관으로 위장한 포샤가 밧사니오의 희생적 태도를 비난할 때 명백해진다. 희생과 자비는 자기를 버리고 타인을 배려한다는 행위의 다른 이름인 바, 포샤가 밧사니오의 희생에 부정적 반응을 보였다는 것은 포샤가 진실로 기독교의 자비 정신을 신뢰하지 않고 있다는 것을 의미한다. 포샤가 밧사니오의 희생에 반대하는 이유는 밧사니오가 친구 안토니오에게 자비를 베푼다면, 이에 비례하여 부인 포샤에 대한 사랑은 희석될 수밖에 없기 때문이다. 적어도 이런 점에서 포샤도 샤일록처럼 상호

간의 동등한 교환을 믿는 셈이다. 포샤도 샤일록처럼 한쪽이 주면 다른 쪽도 받은 만큼 주는 등가의 상호 교환 체계를 따르는 편이 한쪽으로 기우는 희생 혹은 자비 정신에 기대는 것보다 낫다고 판단한다. 포샤가 샤일록의 방식을 채택하여 반격하는 것은 이런 믿음에서이다.

포샤는 샤일록의 방식을 그대로 차용하여 샤일록이 안토니오를 살해할 목적을 지녔음을 밝힘으로써 그의 복수 방정식을 무의미하게 만들고 상황을 역전시키는 데 성공한다. 여기서 샤일록의 방식을 그대로 채택했다는 말은 포샤가 샤일록처럼 증서를 글자 그대로 해석했을 뿐 아니라, 샤일록이 안토니오에게 받았던 고통을 돌려주려 했듯이 그녀 또한 샤일록으로부터 받은 것을 돌려주는 복수의 교환 체계에 참여했다는 말을 의미한다. 포샤는 정확한 법 해석으로 안토니오의 목숨을 구하고 샤일록의 전 재산을 몰수할 뿐 아니라, 초기술적 전략으로 안토니오가 목숨의 위협을 받았던 것과 똑같이 샤일록도 목숨의 위협을 느끼도록 되받아 친다. 포샤는 안토니오의 살 1파운드를 측정하기 위한 샤일록의 저울대를 샤일록의 죄목을 재는 저울대로 변모시킨다. 포샤의 저울대에서 샤일록이 겪을 고통의 무게는 안토니오가 겪은 고통의 무게와 같아야 한다. 안토니오가 샤일록에 의해 죽음의 공포를 느꼈다면, 샤일록도 그래야 한다. 이 판결을 통해 포샤는 샤일록의 복수의 교환을 그대로 반복한다.

샤일록에게 살인교사 죄목을 씌워 그의 목숨을 위협함으로써 안토니오 구제라는 소정의 목적을 성취한 포샤는 여기서 키의 방향을 돌린다. 그녀는 공작과 안토니오에게 샤일록에게 자비를 베풀 권한을 부여한다. 즉 포샤는 샤일록에게 상징적인 죽음을 경험케 함으로써 '복수는 끝없는 복수를 낳을 뿐'이라는 사실을 각인시킨 후 바로 자비를 통해 복수 교환의 단절을 희망하는 것이다. 앞서 논의했듯이 포샤는 자비의 힘을 전적으로 신뢰하지 않는다. 그렇다면 여기서 포샤가 생각하는 자비란 어떤 것일까? 그것은 앞서 포샤 자신이 샤일록에게 설명했던 대로 하늘에서 내려오는 비와 같이 부드러운 무조건인 용서가 아니다. 그것은 인간적인 면과 경제적인 면 양 측면의 여러 조건과 교환을 전제로 하는 일종의 계약이다. 이어지는 공작과 안토니오의 자비 행위는 포샤가 생각하는 이 자비 개념을 그대로 재현한다.

공작은 기독교 정신으로 교수형을 당해야 하는 샤일록의 목숨을 살려주는 자비를 베풀기는 하겠지만, 샤일록 재산의 반은 안토니오의 소유로, 나머지 반은 국고로 귀속시키겠다고 말하고, 만약 샤일록이 개선의 의지를 보이면 국고로 귀속될 재산을 벌금형으로 감해주겠다는 단서를 단다. 안토니오는 이 공작의 판결을 다음과 같이 수정한다.

> 공작 각하와 법정의 다른 모든 사람들이 허락한다면
> 그의 재산의 절반을 몰수하지 않고 벌금형만 내려주시면
> 저는 만족합니다. 나머지 절반은
> 제가 가지고 있게 해주시면, 저 사람 사후
> 최근 그의 딸을 훔친 저 신사에게 양도하겠습니다.
> 두 가지 조건이 더 있습니다.
> 첫째 이러한 호의에 대한 보답으로
> 당장 기독교로 개종할 것,
> 둘째 죽게 되면 소유 재산 일체를
> 사위 로렌조와 딸에게 물려준다는
> 증여증서를 본 법정에서 쓸 것. (4.1. 380-90)

이 판결은 위장 법관 포샤의 엄격한 교수형을 부드럽게 해주는 자비로운 판결인 것은 분명하다. 공작의 판결은 샤일록에게 목숨 보존의 자비를 제공하고, 안토니오 판결은 샤일록에게 재산 1/2에 대한 소유권을 인정해주고 있기 때문이다. 그러나 그 내용을 잘 살펴보면 이 판결은 목숨 보존을 제외하곤 모두 수평적, 수직적 재물의 교환을 기술한 것이며, 샤일록의 참회와 개종을 전제로 하는 단서조항을 추가하고 있다. 이로써 이 판결은 포샤가 언급하고 공작과 안토니오가 실행하는 '자비'가 재물의 교환과 조건에 기초하고 있다는 사실을 명백히 보여준다.

공작의 판결은 안토니오에게 샤일록 재산의 1/2 소유권을 평생 보장해준다고 하고, 안토니오의 판결은 샤일록이 죽을 때까지만 샤일록 재산을 안토니오가 관리한다고 공작의 판결을 수정한다. 샤일록이 안토니오로부터 받았던 모욕을 안토니오의 목숨과 맞바꾸려했다면, 공작과 안토니오는 이 판결을 통해 샤일록으로부터 받았던 죽음의 위협을 경제적으로 교환하고자 한다. 샤일록의 복수가 돈을 매개로 했어도 전혀 이득이 없는 복수였다면, 공작과 안토니오는 자비로운 법을 매개로 하지만 경제적 이익을 극대화하고 이로써 샤일록에 대한 복수를 완성한다. 샤일록에게 큰 경제적 손실을 안겨주고 생각지도 못한 '여분'의 돈을 얻게 된 안토니오가 공작의 판결을 수정하지 않았더라면, 어쩌면 그는 포샤가 주도한 샤일록과 똑같은 복수의 교환체계 덕을 톡톡히 본 그저 운 좋은 장사꾼으로 남았을 지도 모른다.

그러나 안토니오는 판결을 통해 샤일록이 생존하는 동안 경제 활동을 할 수 있는 근거를 마련해줄 뿐 아니라 자신이 관리를 맡게 될 '여분'

의 돈과 샤일록의 나머지 재산을 로렌조와 제시카 부부에게 유산으로 상속해 줄 것을 약속함으로써 단순한 복수의 완성자로 머물지 않는다. 이 안토니오의 판결은 샤일록에게 안토니오가 자비심을 베풀고 있다는 것을 분명하게 보여준다. 그런데 여기서 주목해야 할 점은 안토니오의 자비 행위가 용서의 마음을 통해서가 아니라 재물의 교환을 통해 실현된다는 점이다. 또한 샤일록의 개종을 단서로 달았다는 점도 눈여겨 볼 일이다. 샤일록의 개종은 그의 유대인으로서의 정체성에 대한 총체적 해체뿐만 아니라 그의 생업인 고리대금업의 포기를 의미한다. 즉 안토니오는 개종을 통해 샤일록에게 상인이 될 것을 요구하는 것인데, 이로써 안토니오는 더 이상 샤일록을 적이 아니라 상호관계를 맺고 교류하는 상대가 되기를 기대하는 것이다. 상인으로서의 샤일록은 앞으로 안토니오의 인간적, 재정적 도움을 받으면서 안토니오와 원만한 관계를 유지해야 베니스에서의 삶을 지속할 수 있을 것이기 때문이다.

안토니오가 보여준 재물의 교환을 자비의 실천으로 볼 수 있는가? 안토니오가 상인으로서 교환 법칙을 신뢰하고, 재물의 교환을 통해 여러 인간적 관계를 맺고 있다는 점을 감안한다면, 안토니오가 샤일록에게 살아있는 동안 재산의 반을 인정해 준 것은 안토니오가 먼저 샤일록에게 마음을 열고 다가가는 행위의 경제적 표현이라 할 수 있다. 또한 밧사니오가 자신에게 인간적이며 경제적인 빚을 진 것처럼, 자신도 포샤에게 재정적, 심리적 부채를 질 수밖에 없게 되는 상황을 받아들인 안토니오가 샤일록에게도 똑같은 것을 요청하는 것이라 볼 수 있다. 안토니오가 이해하는 바로는 샤일록이 상인이 되어 자신의 도움을 받으며 재정적,

심리적 빚을 지고 사는 것이 교환 체계에 기초한 베니스적 삶의 방식이기 때문이다.

다시 안토니오의 판결로 돌아가면, 그의 판결은 인간의 관계 맺음은 심리적, 재정적 순환구조로 이루어졌고, 모두가 서로에게 마음과 돈의 빚을 지고 갚으며 살아간다는 그의 신념을 반영하는 것인바, 바로 이 신념이 안토니오의 자비 개념인 것이다. 판결을 통해 안토니오가 보여준 자비는 앞서 법관 포샤가 샤일록에게 전했던 자비, 즉 인간적인 면과 경제적인 면 양 측면의 여러 조건과 교환을 전제로 하는 일종의 계약으로서의 자비이다. 이 포샤와 안토니오가 지칭하는 자비는 기독교에서 말하는 조건 없는 용서, 사랑, 자비와는 거리가 먼 개념이므로, 이를 윤리라 명할 수 있다. 포샤와 안토니오는 재물과 마음의 등가 교환 체제를 세상을 현명하게 살아가는 (자비라는 이름의) 윤리로 전환시킨다. 조건과 교환을 전제로 한 계약으로서의 자비 혹은 윤리의 뒷면은 물론 복수이다. 샤일록의 복수도 포샤와 안토니오의 윤리와 마찬가지로 조건을 단 교환의 증서를 통해서 이루어졌다는 점을 생각해 보면, 복수와 윤리의 경계는 없다고 볼 수 있다. 복수냐 윤리냐는 그 교환이 실행되는 매 현장에 달려있다.

안토니오의 판결은 이 극의 상업적 플롯을 마무리한다. 그런데 이 상업적 플롯 전개에 불필요한 반지 계략 플롯이 5막에 덧붙여져 있다. 하지만 이 플롯은 교환 경제로서의 복수와 윤리를 설명하는 지침을 마련해 준다는 면에서 이 극에서 없어서는 안 될 부분이다. 안토니오를 사랑하는 밧사니오는 포샤/법관에게 진 고마움의 빚을 포샤/부인이 준 반지로

갚는데, 이로써 샤일록의 재판 뒤에도 교환은 계속된다. 안토니오의 1파운드의 살이 한편으로는 샤일록의 재정적 손실과 개종으로 교환되었다면, 다른 한편으로는 포샤의 반지와 교환된다.

벨몬트로 돌아온 포샤는 밧사니오가 자신의 결혼반지를 잃은 것을 보고, 밧사니오가 그 반지를 다른 여자에게 주었다면서 질투하는 척한다. 밧사니오가 반지를 친구를 구해준 법관에게 주었다고 하자 포샤는 밧사니오에 대한 복수로 그 법관과 잠을 자겠다고 응수한다. 결국 포샤는 반지를 밧사니오에게 되돌려주긴 하는데, 아주 특별한 방식을 차용한다. 즉 그녀는 반지를 안토니오를 거쳐 밧사니오에게 주는 이중의 교환을 통해, 안토니오를 조건적으로 관계망으로 끌어들인다. 이렇게 해서 반지가 밧사니오와 포샤 사이에서만 거래되는 것이 아니라 안토니오 - 밧사니오 - 포샤 사이를 왕래하며, 돈과 우정, 돈과 결혼, 돈과 생명의 밀접한 연관 관계를 드러낸다.

그러나 무엇보다 이 반지의 순환은 샤일록, 포샤, 안토니오 사이의 법정 복수의 교환 방식을 상징하면서 교환으로서의 복수/윤리를 반복한다는 면에서 의미가 있다. 포샤는 반지 계략에서 법정 장면의 위장과 흡사한 방식을 채택한다. 즉 포샤는 법정에서 샤일록에게 했듯이, 밧사니오에게 벌을 주고 복수하는 척하다가 조건을 단 계약을 체결함으로써 사랑을 완성한다. 샤일록에게 복수하면서 조건과 교환의 자비를 베풀도록 유도했던 것처럼, 포샤는 밧사니오에게 일격을 가하면서 조건과 교환으로 사랑을 한정짓는다. 샤일록에게는 경제적인 측면에서 조건과 교환으로서의 윤리가 실행되었다면, 밧사니오에게는 결혼에 필요한 조건과 교환의 사랑이 제시된다. 무조건적인 자비를 신뢰하지 않았던 포샤는 순수하고 영원한 낭만적 사랑도 믿지 않는다. 앞서도 언급했듯이, 한 사람에 대한 사랑은 다른 사람들에 대한 무관심으로 이어질 수 있기 때문이며, 또 사랑의 감정은 시시각각 사정에 따라 변하는 유동적 특성을 지녔기 때문이다.

결혼 서약으로서의 반지 교환은 샤일록과 안토니오 사이의 증서 교환과도 유사하다. 샤일록과 안토니오가 빚을 갚게 될 지의 여부를 모르기 때문에 조건을 단 법적 증서를 교환했듯이, 밧사니오와 포샤는 사랑을 계속 진실되게 유지할 지를 확신할 수 없기 때문에 조건을 달고 반지라는 고정된 물체를 교환한다. 여기서 포샤와 밧사니오의 반지 교환에 안토니오가 매개되는 점은 의미심장하다. 샤일록과의 채무관계에서 밧사니오의 자금을 빌리기 위해 안토니오가 보증을 섰듯이, 포샤가 건네는 사랑의 징표인 반지를 밧사니오에게 직접 건넴으로써 안토니오는 다시한 번 보증인이 된다. 이번에는 목숨을 담보로 보증을 서는 것은 아니지만, 밧사니오와의 사랑을 포기해야 한다. 그런데 안토니오로서는 밧사니오와의 사랑을 포기하고 이 보증을 설 수 밖에 없다. 이것이 그가 포샤에게 진 빚을 되갚을 수 있는 유일한 방법이기 때문이다. 포샤로서도 안토니오를 보증인으로 서게 하는 데는 이유가 있다. 그와 밧사니오 사이의 관계의 끈은 느슨하게 해야 하겠지만, 포샤에게도 투자로 큰 이익을 거둔 배가 돌아왔을 뿐만 아니라 샤일록 재산의 절반을 관리하게 되면서 더욱 부유해진 상인 안토니오는 앞으로 계속 경제적 교류를 맺어야 하는 당사자이기 때문이다. 물론 낭비벽이 심한 밧사니오에게도 포샤와의 반지 계약은 도움이 된다. 반지를 통해 상징적으로라도 포샤의 관리와 지배를 받아야 그는 포샤로부터 인계받은 많은 재산을 유지하고 안토니오에게 진 빚을 갚을 수 있기 때문이다.

이렇게 해서 반지 교환은 밧사니오, 포샤, 안토니오 사이의 등가 교환을 완성한다. 반지를 통해 상호간에 진 심리적, 재정적 빚을 주고받은 세 사람은 바로 이 교환 때문에 평화로운 관계를 유지할 수 있다. 이 희극적으로 타협된 결말을 통해 셰익스피어는 한쪽으로 치우치는 비대칭적 자비가 아니라 상호간의 대칭적 등가 교환이 세상을 살아가는 최상의 윤리일 수 있다는 가설을 제시한다. 교환은 교환일 뿐이다. 그 교환이 어떤 현장에서 어떻게 누구에 의해 실행되느냐에 따라 그 교환이 복수의 순환 구조를 따를 수도 있고 윤리적 순환과 타협으로 삶의 윤활유가 될 수도 있는 것이다.

• 참고문헌

Barton, Ann. "The Merchant of Venice." *The Riverside Shakespeare*. 240-53.

Bate, Jonathan Bate, and Eeric Rasmussen, eds. *The Merchant of Venice*. The RSC Shakespeare. London: Macmillan, 2010.

Drakakis, John, ed. *The Merchant of Venice*. The Arden Shakespeare. The Third Series. London: Arden Shakespeare, 2010.

Evans, G. Blackmore, ed. *The Riverside Shakespeare*. Boston: Houghton Mifflin, 1974.

Mahood, M. M., ed. *The Merchant of Venice*. The New Cambridge Shakespeare. Cambridge: Cambridge UP, 1987.

강석주 역. 『베니스의 상인』. 펭귄클래식. 웅진씽크빅, 2014.

김종환 역. 『베니스의 상인』. 셰익스피어영한대역본 5. 태일사, 2005.

박우수 역. 『베니스의 상인』. 기린원, 2009.

신정옥 역. 『베니스의 상인』. 셰익스피어전집 4. 개정판. 전예원, 2010.

이경식 역. 『베니스의 상인』. 세계문학전집 66. 문학동네, 2011.

이경식. "『베니스의 상인』에 관하여." 『베니스의 상인』 이경식 역. 문학동네, 2011. 157-71.

이희원. "『베니스의 상인』(*The Merchant of Venice*)에 나타난 등가 교환의 윤리." *Shakespeare Review* 49(2013): 755-86.

최종철 역. 『베니스의 상인』. 세계문학전집 262. 민음사, 2010.

한국셰익스피어학회. 『셰익스피어 연극 사전』. 도서출판 동인, 2005.

셰익스피어 생애 및 작품 연보

셰익스피어의 생애와 작품의 집필연대 중 일부는 비교적 정확히 기록되어 있는 자료에 의존할 수 있지만, 대부분은 막연한 자료와 기록의 부족으로 그 시기를 추정할 수밖에 없으며, 특히 작품 연보의 경우 학자들에 따라 순서나 시기에 차이가 있음을 밝힌다.

1564	잉글랜드 중부 소읍 스트랫포드 어폰 에이번Stratford-upon-Avon 출생(4월 23일). 가죽 가공과 장갑 제조업 등 상공업에 종사하면서 마을 유지가 되어 1568년에는 읍장에 해당하는 직high bailiff을 지낸 경력이 있는 존 셰익스피어와, 인근 마을의 부농 출신으로 어느 정도 재산을 상속받은 메리 아든Mary Arden 사이에서 셋째로 출생. 유복한 가정의 아들로 유년시절을 보냄.
1571	마을의 문법학교Grammar School에 입학했을 것으로 추정.
1578	문법학교를 졸업했을 것으로 추정. 졸업 무렵 부친 존은 세금도 내지 못하고 집을 담보로 40파운드 빚을 냄.
1579	부친 존이 아내가 상속받은 소유지와 집을 팔 정도로 가세가 갑자기 어려워짐.
1582	18세에 부농 집안의 딸로 8년 연상인 26세의 앤 해서웨이 Anne Hathaway와 결혼(11월 27일 결혼 허가 기록).
1583	결혼 후 6개월 만에 맏딸 수잔나Susanna 탄생(5월 26일 세례 기록).
1585	아들 햄넷Hamnet과 딸 쥬디스Judith(이란성 쌍둥이) 탄생(2월 2일 세례 기록).

1585~1592	'행방불명 기간'lost years으로 알려진 8년간의 행방에 관한 자료가 거의 없음. 학교 선생, 변호사, 군인, 혹은 선원이 되었을 것으로 다양하게 추측. 대체로 쌍둥이 출생 이후 어떤 시점(1587년)에 식구들을 두고 런던으로 상경하여 극단에 참여, 지방과 런던에서 배우이자 극작가로서 경험을 쌓았을 것으로 추측.
1590~1594	1기(습작기): 주로 사극과 희극 집필.
1590~1591	초기 희극 『베로나의 두 신사』(*The Two Gentlemen of Verona*) 『말괄량이 길들이기』(*The Taming of the Shrew*)
1591	『헨리 6세 2부』(*Henry VI*, Part II)(공저 가능성) 『헨리 6세 3부』(*Henry VI*, Part III)(공저 가능성)
1592	『헨리 6세 1부』(*Henry VI*, Part I)(토머스 내쉬Thomas Nashe 와 공저 추정) 『타이터스 앤드로니커스』(*Titus Andronicus*)(조지 필George Peele과 공동 집필/개작 추정)
1592~1593	『리처드 3세』(*Richard III*)
1592~1594	봄까지 흑사병 때문에 런던의 극장들이 폐쇄됨.
1593	「비너스와 아도니스」(*Venus and Adonis*)(시집)
1594	「루크리스의 강간」(*The Rape of Lucrece*)(시집) 두 시집 모두 자신이 직접 인쇄 작업을 담당했던 것으로 추정되며, 사우샘프턴 백작The third Earl of Southampton에게 헌사하는 형식. 챔벌린 극단Lord Chamberlain's Men의 배우 및 극작가, 주주로 활동.
1593~1603 및 이후	『소네트』(*Sonnets*)

1594	『실수 연발』(*The Comedy of Errors*)
1594~1595	『사랑의 헛수고』(*Love's Labour's Lost*)
1595~1600	2기(성장기): 낭만희극, 희극, 사극, 로마극 등 다양한 장르 집필.
1595~1596	『로미오와 줄리엣』(*Romeo and Juliet*)
	『리처드 2세』(*Richard II*)
	『한여름 밤의 꿈』(*A Midsummer Night's Dream*)
	『존 왕』(*King John*)
1596	아들 햄넷 사망(11세, 8월 11일 매장).
	부친의 가족 문장 사용 신청을 주도하여 허락됨(10월 20일).
1596~1597	『베니스의 상인』(*The Merchant of Venice*)
	『헨리 4세 1부』(*Henry IV, Part I*)
	스트랫포드에 뉴 플레이스 저택Great House of New Place 구입 (마을에서 두 번째로 큰 저택으로 런던 생활 후 은퇴해서 죽을 때까지 그곳에 기거).
1598	벤 존슨Ben Jonson의 희곡 무대에 출연.
1598~1599	『헨리 4세 2부』(*Henry IV*, Part II)
	『헛소동』(*Much Ado About Nothing*)
	『헨리 5세』(*Henry V*)
1599	시어터 극장The Theatre에서 공연하던 셰익스피어의 극단이 땅 주인의 임대계약 연장을 거부하자 '극장'을 분해하여 템즈강 남쪽 뱅크사이드 구역으로 옮겨 글로브 극장The Globe을 짓고 이곳에서 공연. 지분을 투자하여 극장 공동 경영자가 됨.
1599~1600	『줄리어스 시저』(*Julius Caesar*)
	『좋으실 대로』(*As You Like It*)

1601~1608	3기(원숙기): 주로 4대 비극작품이 집필, 공연된 인생의 절정기
1600~1601	『햄릿』(*Hamlet*)
	『윈저의 즐거운 아낙네들』(*The Merry Wives of Windsor*)
	『십이야』(*Twelfth Night*)
1601	「불사조와 거북」(*The Phoenix and the Turtle*)(시집)
	아버지 존 사망(9월 8일 장례).
1601~1602	『트로일러스와 크레시다』(*Troilus and Cressida*)
1603	엘리자베스 여왕 사망(3월 24일). 추밀원이 스코틀랜드의 제
	임스 6세를 잉글랜드의 제임스 1세로 선포.
	제임스 1세 런던 도착(5월 7일) 후 셰익스피어 극단 명칭이
	챔벌린 경의 극단에서 국왕의 후원을 받는 국왕 극단King's
	Men으로 격상되는 영예(5월 19일).
	제임스 1세 즉위(7월 25일).
1603~1604	『자에는 자로』(*Measure for Measure*)
	『오셀로』(*Othello*)
1605	『끝이 좋으면 모두 좋다』(*All's Well That Ends Well*)
	『아테네의 타이몬』(*Timon of Athens*)(토머스 미들턴Thomas
	Middleton과 공동작업)
1605~1606	『리어 왕』(*King Lear*)
1606	『맥베스』(*Macbeth*)
	『안토니와 클레오파트라』(*Antony and Cleopatra*)
1607	딸 수잔나, 성공적인 내과의사인 존 홀John Hall과 결혼(6월 5일).
1607~1608	『페리클레스』(*Pericles*)(조지 윌킨스George Wilkins와 공동작업)
	『코리올레이너스』(*Coriolanus*)

1608~1613	제4기: 일련의 희비극 집필.
1608	셰익스피어 극장이 실내 극장인 블랙프라이어스Blackfriars 극장을 동료배우들과 함께 합자하여 임대함(8월 9일).
	어머니 메리 사망(9월 9일 장례).
1609	셰익스피어 극장이 블랙프라이어스 극장 흡수, 글로브 극장과 함께 두 개의 극장 소유.
1609~1610	『심벌린』(Cymbeline)
1610~1611	『겨울 이야기』(The Winter's Tale)
	『태풍』(The Tempest)
1611	고향 스트랫포드로 돌아가 은퇴 추정.
1613	『헨리 8세』(Henry VIII)(존 플레처John Fletcher와 공동작업설)
	『헨리 8세』 공연 도중 글로브 극장 화재로 전소됨(6월 29일).
1613~1614	『두 귀족 친척』(The Two Noble Kinsmen)(존 플레처와 공동작업)
1614~1616	말년: 주로 고향 스트랫포드의 뉴 플레이스 저택에서 행복하고 평온한 삶 영위.
1616	둘째 딸 쥬디스, 포도주 상인 토마스 퀴니Thomas Quiney와 결혼(2월 10일).
	쥬디스의 상속분을 퀴니가 장악하지 않도록 유언장 수정(3월 25일).
	스트랫포드에서 사망(4월 23일. 성 삼위일체 교회 내에 안장).
1623	『페리클레스』를 제외한 36편의 극작품들이 글로브 극장 시절 동료 배우 존 헤밍John Heminge과 헨리 콘델Henry Condell이 편집한 전집 초판인 제1이절판으로 출판됨.
	아내 앤 해서웨이 사망(8월 6일).

옮긴이 **이희원**

이화여자대학교 영어영문학과 졸업

University of Iowa 영어영문학과 석사, Texas A & M University 영어영문학과 박사

전 한국고전르네상스영문학회, 한국영미문학페미니즘학회 회장

현재 서울과학기술대학교 영어영문학과 교수

최근 저ㆍ역서 『아일랜드, 아일랜드』(이화여자대학교 출판부, 2009, 공저)

『페미니즘-차이와 사이』(문학동네, 2011, 공저)

『리어왕』(시공사, 2012, 역서)

최근 논문 "Representing Nameless Bodies in the *Henry VI* Trilogy"(2009)

「『베니스의 상인』(*The Merchant of Venice*)에 나타난 등가 교환의 윤리」(2013)

「(흑인) 미국연극에서 미국여성문학으로: 로런 한스베리의 『태양 속의 건포도』 정전화 과정과 숨은 그림 찾기」(2014) 외 다수

베니스의 상인

초판 발행일 2015년 10월 30일

옮긴이 이희원
발행인 이성모
발행처 도서출판 동인
주 소 서울시 종로구 혜화로3길 5 118호
등 록 제1-1599호
TEL (02) 765-7145 / FAX (02) 765-7165
E-mail dongin60@chol.com
ISBN 978-89-5506-679-1
정 가 10,000원